中公文庫

手習重兵衛

暁闇

新装版

鈴木英治

中央公論新社

目次

暁《ぎょう》闇《あん》

手習重兵衛

第一章

一

遊ばれている。

かすかに見えた隙《すき》めがけて刀を振りおろしても手応えはなく、右にいたかと思えば左に動き、その足さばきの前に刀は空《くう》を切るばかりだ。

すでに何度もがら空きの脇腹を目にしているはずなのに、男は刀をだしてこない。こちらの狼狽《ろうばい》ぶりをあざ笑っているかのような感さえ受ける。

いつからか男の動きがとまっていた。

男は頭巾を深くかぶっている。底光りする両の瞳が、瞬きをすることなく見つめてくる。刀を正眼に構えた姿勢は恐ろしいほどに決まり、男の底知れぬ腕前を伝えている。

しくじったな。

胸のうちを流れてゆく苦いものを嚙《か》み殺《ころ》した。

ここ最近、他出するたびに何者かの目を感じていた。それをおびきだすためにこの夜更け、供を一人連れただけで外に出てみたのだが、まさかこれほどの遣い手が待ち受けているとは。

思う壺にはまったのはこちらで、もはや敵し得ないのはわかっている。肩にかかった死の衣を払いのけられるはずもなく、できるのは、あとどれだけ命を長らえさせられるかだけだ。

顔を動かすことなく足元を見た。

武家屋敷の塀際に、中間《ちゅうげん》がものいわぬ死骸となって倒れている。そのかたわらに、燃え尽きた提灯《ちょうちん》の残骸が転がっている。

中間は袈裟《けさ》に斬られ、自ら流した血の池に身を浸している。離れてゆく魂をつかもうとしたのか、わずかに持ちあがった右腕が不憫《ふびん》だ。

いや、憐れんでいる場合ではなかった。もうあとほんの少しで、自分もこのようにされる。

死を受け入れるために心を落ち着けようとするが、そこまで気持ちを抑えられるほど老成してはいないし、長くも生きていない。

心の底にあるのは恐怖以外のなにものでもなく、冷たい汗がじっとりと背筋を濡《ぬ》らしてゆく。

吹きすぎてゆく風を感じた。北から吹く風には雨のにおいが混じっている。いや、もう雪のにおいだろうか。

空を黒い雲が一杯に覆っているが、一ヶ所だけぽっかりと丸く切れている。体から去りゆく魂のために、天が入口をあけているかのようだ。

今日は何日だっただろうか。

十月十六日だ。この日が命日になるなど、これまで生きてきて一度たりとも考えたことはなかった。

「名を名乗れ」

ときを稼ぐつもりでなく、いった。

案の定、答えは返ってこない。

大声で助けを呼ぶことも考えたが、近所の者らが路上に出てくる頃には死骸にされ、男はとうに闇に消え去っていることだろう。

男が細く息を吐いたのか、頭巾の口のあたりがわずかにふくらんだ。闇のなかで目がぎらりと光り、濃厚な殺気が男の体から放たれはじめた。

男が右にじりじりと動きはじめた。

それに合わせ、剣尖《けんさき》の向きを変えてゆく。相手がどういうふうに動くか、冷静に見定めなければならない。

まだ勝負は決したわけではないのだ。男が石に蹴《け》つまずいて転ぶことだって、万に一つもないだろうが、考えられないわけではない。

男がゆっくりと上段に刀を移した。

小さく足を踏みだしたのが見えた瞬間、左肩に強烈な衝撃を感じた。

斬られたのを理解した。

しかしどうして。

肩先から脇腹にかけて、猛烈な痛みが襲ってきた。知らず、両膝《りょうひざ》をついていた。夕立のような勢いで血が地面を濡らしてゆく。

刀の鍔《つば》が眼前に見えている。刀を握ったまま横たわっていることを知った。

近づく足音が耳をじかに打つ。首を動かそうとしたがかなわず、瞳だけを向けた。

男が冷たく見おろしている。

手を蹴られ、小さな音をたてて刀がどこかへ転がっていった。

もはや刀を動かせるだけの力が残っていないのはわかっているはずなのに、ずいぶんと用心深い。

ごろりと仰向けにされた。ひざまずいた男が斬り割られた懐を探っている。

ちっと舌打ちをし、立ちあがる。

「誰に託した」

もっと低い声を吐くのかと思っていたが、むしろ甲高《かんだか》さを覚える。

しばらく待って、答えが得られないのを男はさとったようだ。ふん、と鼻を鳴らす。

「はなから期待しちゃいないが。どのみち誰かはわかっておる」

本当なのだろうか。だが、もし本当だとしたら……。

顔をあげ、男が目の前に広がる闇を見据える。

それから目をこちらに移し、無表情に腕を振りあげた。

夜に冷たく光るのは刀身の切っ先。気合一つ発されることなく、それがまっすぐ下に向かって伸びてきた。

見えたのはそこまでで、体を貫く衝撃を感じたと同時に、すべての景色は闇より深い暗黒に閉ざされた。

二

『農業往来《のうぎょうおうらい》』を手に、来年には手習を終える男の子に農事について教えていると、前のほうからくすくす笑う声がきこえた。

吉五郎《きちごろう》の声で、こういう笑いをするときはだいたいいたずらをしていると決まっている。

重兵衛《じゅうべえ》が振り返ると、筆にたっぷりと墨をひたした吉五郎が、居眠りをしている松之《まつの》介《すけ》の顔に落書きをしていた。

「吉五郎」

注意すると、しまったという顔であわてて手習に戻った。

自分が怒られたと思った松之介は目を覚まし、眠気を取るために手のひらで顔をごしごしやったが、すぐに手が真っ黒になったのに気づいた。吉五郎をにらみつけ、墨を含ませた筆を手にするやすぐさま振るった。

頬《ほお》に斜めの筋を入れられた吉五郎は仕返しをしようと筆を高く持ちあげた。

いずれ騒ぎが大きくなって取っ組み合いになるのがわかったから、重兵衛はさっさとあいだに入った。

「ほら、二人とも手習に戻れ。筆は落書きするためにあるんじゃないぞ。きかないんだったら、机の上に正座させるぞ」

二人はぶるぶる首を振り、手習に戻った。

重兵衛が二人に気を取られた隙に、さっきまで教えていた子供たちが刀を振るうように墨の塗り合いをしている。

そのうしろでは相撲取《すもうと》り気分か、二人の男の子ががっぷり四つに組んでいる。この前もこれで襖《ふすま》を破られた。

重兵衛はそれぞれに注意を与え、手習に戻らせた。

対して、女の子たちはおとなしい。いたずらをする男の子には目もくれず、手習に励んでいる。

最近では女の手習師匠も珍しくないらしいが、女の子だけを入門させている者が多いときく。

気持ちはわからないでもない。男の自分だって手を焼いているのに、女ではまず手に負えまい。怒ったところで、ききめはないのではないか。

「お師匠さん」

障子に落書きしようとしている三人をやめさせようとしているところに声がかかった。

「どうした、お美代《みよ》」

「この書き順はこれでいいの」

三人を天神机に戻らせてから、重兵衛はお美代の机に行った。

『頼』という字だったが、この前も同じ字の書き順をきかれた。縦棒が先か、それとも横棒のほうなのか。

「なんだよ、お美代、またその字かよ」

横から吉五郎がのぞきこむ。

「おまえ、頭悪いなあ」

「うるさいわね、あんたほどじゃないわよ」

「吉五郎、ちがうんだって」

松之介が諭《さと》すようにいう。

「お美代ちゃんはお師匠さんの気を惹《ひ》きたいだけなんだよ」

「なんだよ、そういうことか。おまえな、もうあきらめろって。第一、歳がちがいすぎるだろうが」

「歳なんかなんとでもなるでしょ。あたし、あと七年で十五よ。十五っていったら、隣のおさつちゃんがお嫁に行った歳よ」

「お師匠さんだってそのあいだに歳を取るんだよ。七年後っていったら、お師匠さんは、えーと……」

「三十よ」

吉五郎がびっくりという顔になった。

「けっこうつり合い取れるな」

「ほら、ごらんなさい」

「でも、お師匠さんが狙ってるのはおそのさんじゃないのか」

松之介が割りこむようにいう。

「そうだな、おそのさん、確か十七だから、今すぐにでもお師匠さんのお嫁さんになれるぞ」

「ねえ、お師匠さん」

お美代がすがるような目で問う。

「お師匠さんは、本当におそのちゃんをお嫁さんにするの」

「おそのさんがいい娘《こ》なのはまちがいないが、俺が狙っているなんてことは決してないぞ」

重兵衛は断言した。

「じゃあ、おそのちゃんがお師匠さんのお嫁さんになるなんてことはないのね」

「ああ、ないだろうな」

「そう」

お美代はほっと胸をなでおろしている。

「お美代、おまえ、なにうれしそうな顔してんだよ」

吉五郎が突っかかる。

「前に、おそのさんが相手じゃあきらめるしかないっていったじゃないか」

「あたしはね、お師匠さんがおそのちゃんをお嫁さんにするなら、あきらめるっていったの。お師匠さんにその気がないのがはっきりした以上、あたしが身を引く理由なんてどこにもないじゃない」

「そりゃそうかもしれないけど……でもお美代、身を引くって、そんな言葉、どこで覚えたんだ」

「女はあんたなんかが気がつかないうちにどんどん成長するものなのよ」

「でもさ、おそのさんの気持ちはどうなのかな」

松之介が気がかりを面《おもて》にだしていう。

「おそのさん、まちがいなくお師匠さんに惚《ほ》れてると思うけど」

「でも、おそのちゃんだったらいくらでもいい人、見つかるわよ。ねえ、お師匠さん」

「その通りだな」

そういった瞬間、なぜかおそのが遠くへ行ってしまったようなせつない感じを重兵衛は胸に抱いた。

お美代がじっと見つめてくる。

「どうした、お美代」

「ううん、なんでもないの。でもなにかお師匠さん、寂しそうな顔してたから。本当はおそのちゃん、ほかの人に取られたくないんじゃないのかな、と思って」

「お師匠さん、もしそうなら俺は心の底から応援するよ」

吉五郎がいい募る。

重兵衛は笑みを見せた。

「まあ、俺のことなんかどうでもよい」

気がつくと、手習子のすべてが手をとめて興味深げな目を重兵衛に当てていた。

重兵衛はぱんと手のひらを打ち合わせた。

「さあ、みんな、手習に戻れ」

はーい、という甲高い声が教場に響き渡った。

手習子たちが帰ってゆき、白金堂《しろがねどう》は静寂を取り戻した。

あたたかな茶碗を手に重兵衛は縁側に出て、目の前の風景を眺めた。

秋は深まりつつある。稲刈はとうに終わり、田畑や点在する林にははやくも冬の気配が漂いはじめている。

だいぶ冷たさを増してきた風は乾き、遠く望見できる富士の山もすでに白い衣をまとっている。衣というより、まだ鉢巻といったほうがいいかもしれない。

茶をすすった。体の芯からあたためてくれるやわらかな苦味が心地よい。

もう半年たったのだな、と重兵衛は思った。今日は十月十七日。村にやってきたのが四月十五日。来た当初は、まさか居つくことになるとは夢にも思わなかった。

どこからか子供たちの明るい声がきこえてくる。手習から解放されて、もう遊びまわっているのだ。明日、手習が休みということもあり、一際《ひときわ》大きな歓声にはその分の喜びまでこめられているようだ。

重兵衛は茶を乾《ほ》した。息を一つ大きく吐き、空を見あげる。

高く透き通る青空のまんなかを、木の葉のような形をした雲がゆっくりと動いてゆく。大海を行く船のような趣《おもむき》だが、やや強い風に流されてあっけなく形は崩れ去り、いくつかのかたまりに千切れていった。

あの雲と同じように、と重兵衛は思った。このまま侍という形を崩したきりでかまわない。なにごともなく、ときがすぎ去ってくれればそれで十分だ。

この平和で穏やかな村で一生を終えられるのなら、それもまた人生だろう。

三

「重兵衛さん、なかなかいい腰つきじゃないですか」

田左衛門《たざえもん》が笑って声をかけてきた。

「はじめてとは、とても思えないですよ」

重兵衛は鍬《くわ》を握っている。ほうれんそうの種をまくために土を掘り起こしているのだ。

手習が休みで、縁側に座ってのんびり書見をしていたところ、汗を流してみませんか、と田左衛門に誘われたのである。

今日も昨日と同様天気はよく、やわらかな陽射しに照らされた土からはよく肥えたにおいがほのかに立ちのぼり、とても懐かしい気持ちにさせてくれる。遠い祖先が土と格闘していたことを示す名残《なごり》だろうか。

「お師匠さんに野良仕事をさせて、申しわけないんですけどね」

田左衛門が鍬を持つ手をとめ、いった。白金村の村役人をつとめるほど富裕な百姓家のあるじなのに、身を粉《こ》にして働くことをいとわない。話していてとても気持ちのいい人だ。

「いえ、こうして汗をかけるのは気分がいいですから。誘ってもらえて、すごくうれしいですよ」

「そういってもらえると、手前も気が楽になります」

「今まいて、いつできるんです」

だいぶ詳しくなってきた農事のことだから知ってはいたが、重兵衛はあえてきいた。

「来年、あたたかくなる前には。そのときにはどっさり届けますから、楽しみにしててください。ほうれんそうはお好きですか」

「はい、とても」

田左衛門はにっこりと笑った。

「重兵衛さんは、もともと好ききらいがなさそうですよね。なによりです」

そういって鍬を振りあげた。

そのうしろで愛娘《まなむすめ》のおそのが種をまいている。目が真剣で、その一途《いちず》なまじめさがほほえましく感じられる。

おそのが重兵衛の眼差しに気づいた。小さく会釈をして、つつましく笑い返してきた。以前のおそのなら照れて目をそらしていただろうが、今はそんなことはない。お互いの距離が縮まった証《あかし》で、重兵衛はそのことをうれしく思っているが、その思いを口にする気はなかった。

「腰が痛くなったらいってください」

田左衛門がまた声をかけてきた。

「おそのにもませますから。娘はなかなかうまいんですよ」

もっとも、そういう本人が腰をとんとん叩いている。

「嫁入り前の娘さんにそんなこと、させられません」

「だったら――」

田左衛門が思わせぶりな顔をした。

「いっそ嫁にしたらいかがです」

「いえ、そんな、滅相《めっそう》もない」

「あれ、重兵衛さんにはその気はないんですか。娘は残念がりましょうな」

「ちょっとお父さん、なにいってるの」

おそのがあわててあいだに入る。

「休んでばかりいないで、ちゃんと働きなさいよ」

「なんだ、なに照れてるんだ」

「照れてなんかいないわよ。さっさと鍬、持ちなさいよ」

「わかった、わかった」

娘にうなずきかけておいてから、田左衛門は重兵衛に向き直った。

「でも、嫁の件はよく考えておいてくださいよ。決して冗談なんかじゃありませんから。重兵衛さんなら娘を預けても安心だ。いや、預けるんじゃないな。差しあげるんだ」

「お父さん」

おそのがにらみつけている。

「そんな怖い顔しなさんな。せっかくの美形がだいなしだぞ」

白い歯を見せて田左衛門が鍬を振りあげるのにならうように、重兵衛も鍬の柄をかたく握り締めた。

土をめくりあげながら、少し胸がどきどきしている。おそのが自分の妻に、と思ったら、動悸《どうき》を抑えられなくなってしまっていた。

おそのは下に弟がいる。この弟が嫁を取って家を継ぐのだろうから、おそのが家を出ることになんら不都合はない。

額を雨だれのように落ちてゆく汗をぬぐって、嫁か、と重兵衛は思った。

国にいたときもそんな話がなかったわけではない。いや、あんなことさえなかったら、まとまっていたかもしれないと思える話が一つあった。

あの娘はどうしているのか。きっと自分と縁がなかっただけの話で、今頃、別の男へ嫁《とつ》いでいるだろう。

鍬を振りあげた先、隣の畑で働く女の姿が目に入った。おさわだった。産み月まではまだ間があるのだろうが、さすがに腹は目立ってきている。

夫の茂助《もすけ》の死に関わったことで、以前、重兵衛はおさわに会いに行っている。どうしてああいうことになったのか、説明するのは自分のつとめであると信じてのことだ。

おさわは素直にきいてくれ、別段、うらみがましいことはいわなかった。腹のうちではちがうのかもしれなかったが、そういった感情は面にはあらわれていなかった。

今、おさわが働いている畑は茂助が残したものだ。

「重兵衛さん、もしよかったら夕餉《ゆうげ》はうちでとっていってください」

鋤を持つ手をとめ、田左衛門がいってきた。

「よろしいのですか」

重兵衛は目を輝かせて、いった。こういうとき遠慮など見せないほうがいいのは知っているし、実際のところ、その申し出はうれしくてならない。亡き宗太夫《そうだゆう》に教えこまれてそれなりに上達したとはいえ、包丁を握るのはやはり好きとはいえないのだ。

「どうぞ、どうぞ、いらしてください。おそのも存分に腕をふるいましょう」

「おそのさんが包丁を握るのですか」

「不安ですかな」

「まさか。楽しみです」

「包丁なんぞ握りそうもないように見えますが、あれでなかなかやるんですよ。重兵衛さん、ご注意くださいよ。本気で惚れてしまうかもしれないですからね」

「お父さん、また」

おそのはあきれ顔をしている。

「おそのさん、なにが得意なんだい」

重兵衛がとりなすようにきくと、おそのはいたずらっぽい笑みを浮かべた。

「それは重兵衛さん、いらしてからのお楽しみです」

それを聞いて、重兵衛はますます楽しみになった。

田左衛門の屋敷の裏庭には立派なつくりの風呂があり、重兵衛は客人ということで、いちばんに入らせてもらった。

もちろんおそれ多くて固辞したのだが、田左衛門とおそのが是非、というのに逆らえず、甘えさせてもらったのだ。

ふだんは井戸で水を浴びるくらいしかなく、どうしても不快で我慢できないときは麻布《あざぶ》本村町《ほんむらちょう》の湯屋に行くようにしているが、一人湯船にゆっくりと浸《つ》かって手足を存分に伸ばせるというのは格別だった。湯のなかにしみだしていったように一日の疲れが取れた。

湯を出ると、座敷に通された。

そこには膳が用意されていて、田左衛門が満面の笑みで待っていた。おそのは台所にいるのか、姿は見えない。

田左衛門に酒を勧められたが断り、重兵衛はおそのがつくったという料理に箸を伸ばした。

刺身や煮物、焼き物、いずれも美味で、田左衛門の言葉に嘘はなかった。

「どうです、うまいでしょう」

田左衛門が笑いかけてきた。そっと声を落とす。

「おそののこと、本気で考えてくださいよ。重兵衛さんがうんといえば、すぐにでも差しあげますから」

重兵衛はあわてて焼き魚の身をのみくだした。

「はあ」

「そんな頼りない返事じゃあ、困りますな。手前はですね、重兵衛さんをよそに取られたくないんですよ」

顔をぐいと近づけてきた。

「実を申せば、重兵衛さんを狙っている者は村に数多くいるんですよ。そういうことを抜きにしても、おそののことを考えたら、やはり好きな男のもとに嫁がせてやりたいですからね。家同士の取り決めで縁談がまとまるなんてのはざらですが、手前としてはできれば避けたいと考えているのですよ」

「それはよいことだと思います」

「でしょう」

田左衛門は相好《そうごう》を崩した。

「だったらはやいとこ、おそのをもらっていただいてお身をかためられたほうが、重兵衛さんもよろしいんじゃないですかな」

「ちょっとお父さん」

敷居際におそのがひざまずいていた。

「重兵衛さんも困ってるじゃない。もうその話はおしまいにして。もしまたしたら、許さないから」

「わかった、わかった」

その後、重兵衛たちは三人で楽しく話をかわした。

重兵衛は、田左衛門がもう十年以上も前に妻を失っていることをはじめて知った。

目の前にあるおそのの笑顔がまぶしくて、酒を飲んでいないのに酔ったような気分にもなっている。

侍であったことなど忘れ、このまま老いてゆくのも悪くないな、とあらためて思った。

四

空は晴れ渡り、遠く高く澄んでいる。

町を吹き渡る風には潮が混じっているようで、いかにもかぐわしい。潮の香りがする風などこれまで嗅《か》いだことはなく、そんな些細《ささい》なことですら若い心を高ぶらせる。

ずっと憧れ続けていた町に来られたことに松山輔之進《まつやますけのしん》は浮き立つものを感じている。

こんなに大きな町はむろんはじめてで、人の多さとその歩くはやさに驚く。

これが江戸か。

ついにやってきた。今日十月十九日という日を忘れずにおこう、と輔之進は思った。田舎《いなか》から出てきたばかりという表情を丸だしにして、大店《おおだな》がずらりと建ち並ぶ江戸ならではの風景に目を奪われつつ歩いた。

木挽町《こびきちょう》に入り、人にきいて四丁目までやってきた。

ここか、と輔之進は足をとめた。

眼前に見あげるような長屋門が建ち、六尺棒を手にした門衛が二人、怖い目でじっとにらんでいる。

輔之進が名乗ると、話は通じていたようで、途端に門衛たちは瞳から険しい光を消し、柔和な表情になった。

輔之進は門をくぐって上屋敷のなかに入った。斜めに走った石畳が続く先に玄関がある。

小者にいざなわれるまま廊下を進み、右手の座敷に入れられた。そこで旅装を解くようにいわれ、輔之進はしたがった。

しばらく待つうちに先ほどの小者が再びあらわれ、別の座敷に輔之進を連れていった。

ここでお待ちください、と小者は襖を閉じた。

すぐに江戸留守居役の塚本三右衛門《つかもとさんえもん》がやってきて、向かいに正座をした。

輔之進は深々と頭を下げた。

「松山輔之進、無事、到着いたしました」

「そのようにあらたまらなくともよい。顔をあげろ。輔之進、よくぞまいった」

三右衛門は満面の笑みだ。

「道中、なにごともなかったか」

「はい、おかげさまにて」

「しかし久しいな、輔之進。わしが国を出たとき以来だから、もう十一年になるか。わしの顔を覚えておるか」

「もちろんです。父上の幼なじみを忘れるはずがございませぬ」

「そうか、そうか」

三右衛門は目尻のしわを深めて、笑った。

郷里では殿の用人をつとめていたが、殿について江戸に出たとき江戸留守居役が急死し、その如才なさを買われて後任となった男だけあって、いかにも人をそらさない笑みだ。

「しかし輔之進、大きくなったな。いくつになった」

「はい、十七に」

「ほう、そうか。もうそんなか」

ふと眉《まゆ》を曇らせた。

「市之進《いちのしん》のことは残念だった。葬儀にも出ずすまなかったな」

「いえ」

三右衛門はわずかに身を乗りださせた。

「どうだ、自信はあるのか」

「はい。必ず見つけだします」

「殺《や》れるのか」

輔之進はくすりと笑った。

「なんだ、なにがおかしい」

「塚本さまの心配そうなお顔が」

「ふむ。自信があるようだが、興津《おきつ》は遣えるぞ。家中でも随一だ」

「確かにその通りですが……」

「今はちがう、といいたいのか。随一はおぬしか」

「さあ、どうでしょう」

三右衛門はしばらく輔之進を見つめていた。

「どれ、さっそくご家老にお目通りするか。お礼を申しあげるがいい」

三右衛門のあとをついてゆくと、三方を松の絵が描かれた襖《ふすま》に囲まれている座敷に導かれた。

正面に床の間を見て、腰をおろす。

床の間には、諏訪湖《すわこ》らしい湖が描かれた墨絵の掛軸がかかっている。

「ここは松の間といってな、ご家老が人とお会いになるときおつかいになる部屋だ」

三右衛門がささやきかける。

襖の向こうに人の気配がした。こほん、と小さな咳払《せきばら》いのあと、襖がすらりと開いた。

そこに立っていたのはかなり大柄な男だった。輔之進が予期していた人物像とはずいぶん差があった。むしろ華奢《きゃしゃ》な人物と考えていたのだ。

機敏な動きで進んできて、輔之進の前に座した。

輔之進はすかさず辞儀をした。

「おぬしが松山輔之進か。顔をあげよ」

ややしわがれているが、深みのある落ち着いた声音だ。いかにも器量人といった風情を伝えてくる。

「輔之進」

三右衛門にうながされて、輔之進はややうつむき加減に顔をあげた。

「十七といったな。なるほど、家中随一の遣い手の雰囲気をたたえておるな」

家老は輔之進の顔をのぞきこむようにした。

「もそっと面を見せい」

輔之進はすっと背筋を伸ばし、江戸家老を正面から見つめた。これが石崎内膳《いしざきないぜん》さまか、と思った。

面長というより細長いといったほうがいい輪郭がまず特徴的だ。太い眉毛、少しつった大きな目、丸みを帯びた鼻。ややがっしりとした顎《あご》には、分厚い唇《くちびる》がのっている。黒々とした瞳には、一言でも嘘をいえば難なく見破るだけの聡明さがほの見えている。

内膳も、器量をはかるように瞳を動かすことなく輔之進を見つめている。

輔之進は体がかたくなるのを感じた。

内膳が息を抜くようにふっと笑った。

「そのようにかしこまらずともよい。楽にしろ。……ふむ、なかなかよい男ではないか。国では女たちにずいぶん騒がれたのではないか」

そんな覚えはないが、兄に似ているとはいわれた。もしそれが本当であれば、かなりの男前ということになる。

切れ長の目、引き締まった頬、鼻筋の通った高い鼻、形がよくやや薄い唇。

兄の顔を脳裏に思い描いたら、わずかに湿った風が心を通り抜けていった。

「輔之進、ご家老にお礼を申せ」

三右衛門にいわれ、輔之進は再び頭を下げた。

「このたびは格別のご配慮をたまわり、お礼の言葉もございませぬ」

「いや、人として当然のことだ」

目の前の内膳が、本来なら仇討旅《あだうちたび》に出ることで主家の傘から離れることになる輔之進を庇護《ひご》するよう命じてくれたのだ。

そのおかげで、輔之進は江戸にいるはずの興津重兵衛を捜すために上屋敷に滞在することを許されたのである。

「しかし、なぜご家老はそれがしのような者にそこまで」

「答えは先ほど申した通りだ」

内膳はそっけなくいったが、すぐに口元をゆるませた。

「それではさすがに納得せぬか」

内膳は理由を詳細に語りだした。

今は亡き輔之進の父が江戸づめになっていたとき、内膳は世話になったという。その恩返しをしたい気持ちが強いこと。それに、公務で死んだ者の仇を討つ者を見放すような家では駄目であることを力説した。

「そういうわけでな、できる限りの助力は惜しまぬ。なにかほしい物があったり、してほしいことがあったら、必ずいってくれよ。遠慮はいらぬ」

それでも、なぜここまで厚意を寄せてくれるのか、輔之進には理解できなかった。しかし、それが厚遇を拒む理由になどなるはずがなく、むしろ得がたい幸運と考えるべきだった。

「どれ、さっそく興津重兵衛を見かけた者に会うか」

江戸家老はいったが、すぐに瞳に気づかう色があらわれた。

「いや、明日にするか。長旅で疲れておるだろう」

「いえ、是非会わせてください」

兄が殺されてすでに半年以上たった。兄の死をきいた直後、輔之進は興津重兵衛のあとを追ってすぐさま旅立っている。

逃亡先として江戸は真っ先に考えられたが、興津は旅支度をしていたわけではないので、まずはひそんでいそうな近在や周辺の国の宿などを片っ端から捜していたのだ。

そんなとき、江戸から興津重兵衛らしい男を見かけたという知らせが入ったのである。

「そうか。さすがに若いな」

小さな笑みを見せて立ちあがった内膳は襖をあけ、ぱんぱんと手を打ち鳴らした。元の位置に戻り、再び正座をする。

「ところで、興津をどういうふうに捜すつもりだ」

輔之進は首を小さく振った。

「話にはきいておりましたが、正直申しあげて、これほどまでに大きな町であるのは想像しておりませんでした。ですので」

どこから手をつけるべきなのか、戸惑いのほうが大きいという気持ちを輔之進は隠すことなく話した。

「そうであろうな」

内膳は深くうなずいた。

ご家老。襖の向こうから声がかかり、内膳が応ずると、襖が開いた。一人の若い侍が膝をついている。

「入れ」

その侍はきびきびとした動きで内膳の隣に進み、正座した。輔之進に軽く会釈をしてみせる。輔之進は返した。

男は大西平六郎《おおにしへいろくろう》と名乗った。

「大西はわしの直臣でな。この男が興津重兵衛らしい男を見かけたのだ。松山、ききたいことがあれば遠慮なくきけ」

内膳がいい、輔之進は軽く咳払いをした。

「興津らしい男をどこで見かけたのです」

麻布の御簞笥町《おたんすちょう》にて、との答えが返ってきた。

「大西どのは興津と面識がおありで」

「いえ、ございませぬ」

「では、なにゆえ興津であると」

「これでござる」

大西は懐から一枚の紙を取りだし、輔之進に見せた。

「お目付《めつけ》を殺害した者ということで、この人相書が江戸にもまわってきております」

輔之進は手に取ってじっくりと見た。太い眉、涼やかな目など興津重兵衛の特徴をよくとらえていた。これなら見まちがいはないかもしれない。

「大西どのが目にされたというのは、まちがいなくこの人相書の男ですか」

それでも確認の必要はある。

「それがしが見た男が本当に興津重兵衛なのかはわかりませぬ。しかし、この人相書に風体《ふうてい》は一致しておりました」

「見かけてどうされたのです」

それと気づいてすぐに追ったが、男は町の雑踏に紛れてしまったという。

「松山」

内膳が声をかけてきた。

「やつが麻布周辺にいるのは、まずまちがいなかろう。興津重兵衛は剣の遣い手だ。達人といってよい」

「はい」

「麻布周辺には剣術道場が多い。それほどの遣い手なら、おそらく道場に出入りしているのではないかな。剣を生計の道にしているのではあるまいか」

「なるほど」

着の身着のままで逃げた男だ。まとまった金を持っていたとは考えにくい。横領したとされる百両も、手つかずのまま屋敷で見つかったときいている。

「ならば、麻布の剣術道場をめぐってみるのがよいのではないか」

内膳は笑いかけてきた。

「それに、おぬしほどの腕前なら、手合わせしたい高名な剣士もいるであろう」

気持ちを見透かされた気がした。実際、江戸に行けるのがわかって心躍ったのは、憧れの剣士と立ち合えるかもしれぬ、という思いが強かったからだ。

それに今、輔之進は煙草《たばこ》好きが煙草《ず》を欲するように、竹刀《しない》を振りたくてならなかった。なにしろ、興津重兵衛を捜す旅に出て以来、一度も竹刀を握っておらず、ときに人けのないところを選んで刀を振るのがせいぜいだったのだ。

五

「お美代、どうかしたのか」

お美代の横に、天神机に顔を伏せるようにしている女の子がいる。

「お師匠さん。お律《りつ》ちゃんが話があるんだって。きいてもらえるかしら」

「ああ、もちろんだ」

「いい、私は行くけど、ちゃんとお師匠さんに話すのよ。わかった」

お美代がささやきかける声がきこえ、お律は首を小さく動かした。

お師匠さん、さよなら。挨拶をしてお美代が駆けだしてゆく。

「お律、どうした」

ぽつねんと一人取り残されたように座るお律は、泣きだしそうな顔をしている。

「どうした、なにかあったのか」

重ねて問うたが、答えはない。

そういえば、手習の最中もいつもの元気がなかった。というより思い返してみれば、ここ最近、明るい笑顔を見たことがないような気がする。

手習子に常と変わったところが見えていたのに、気がつかなかったおのれの不明を重兵衛は恥じた。

重兵衛はお律の正面に腰をおろした。

「お律、なにかあったんだな。お美代もいっていたが、どうだ、話してみないか」

ようやくお律が顔を向けてきた。ととのった顔立ちをしており、男の子にも人気がある。まだ十歳だが、濡れたような瞳のせいもあってそれより上に見える。

「おとっつぁんが帰ってこないの」

か細い声で告げた。

「元吉《もときち》さんが。どうして」

「なんか変な場所に行ったまま、帰ってこないの」

変な場所とは、ときき返しそうになって重兵衛はとどまった。壮年の男が行く、そういう場所といったら決まっている。おそらく品川《しながわ》あたりの女郎宿だろう。

「いつから帰ってこないんだ」

「五日前から」

「そんなに前か」

お律が顔を伏せる。自分が悪いことをしているような表情だ。

「おっかさんやおじいちゃん、おばあちゃんがかわいそうでならないの」

下を向いたまま話す。涙がぽたりぽたりと天神机を濡らしてゆく。

「畑だってこの時期忙しいのに、みんな疲れきっちゃって。ほんとは私も一緒に働きたいんだけど、おっかさんが、大丈夫だからお師匠さんのところへ行きなさいって……」

涙顔をあげ、すがるように重兵衛を見つめる。

「ねえ、お師匠さん、おとっつぁんに帰ってくるようにいってください。おとっつぁんもお師匠さんが迎えに行ったなら、むげに断るような真似はしないんじゃないかって……」

「わかった。連れ帰ってこよう」

一瞬の間も置くことなく重兵衛はいった。

「ほんとうに」

お律の顔には、わずかながらも喜色が浮かんだ。

「ああ、必ず連れ戻す」

お律を元気づけるために重兵衛は力強くいった。

「元吉さんのいる場所を知っているのか」

涙をぬぐってお律はうなずいた。


お律が家に帰ってゆくのを見届けてから、重兵衛は南に向かって歩きはじめた。

長太郎《ちょうたろう》、お知香《ちか》が営む鍛冶屋《かじや》の前を行く。なかで金槌を振るっている長太郎に挨拶をして先に進む。

道は、村を東西に走るやや広い道にぶつかる。その道を右に行き、一町ほど足を運んだところに別の道が左側に口をあけている。

そこを入り、光禅寺《こうぜんじ》という臨済宗の大きな寺と石見浜田松平《いわみはまだまつだいら》家六万千石の抱屋敷《かかえやしき》とのあいだを進んだ。

肥前大村《ひぜんおおむら》二万八千石の下屋敷や同じ肥前の福江《ふくえ》一万二千石の五藤《ごとう》家抱屋敷の門前を抜けると、道はやがて白金台町《しろがねだいまち》に行き着く。

白金台町五丁目の瑞聖寺《ずいしょうじ》横町に足を踏み入れる。播磨小野《はりまおの》で一万石を食《は》む一柳《ひとつやなぎ》家の下屋敷の門前に左へ行ける道があり、そこを進む。

この道は府内八十八ヶ所の第一番目の札所である高野学侶《こうやがくりょ》在番屋敷の参道になっており、四町ほどまっすぐ進むと、門に突き当たる。

道を右に折れる。右手に川越《かわごえ》十七万石の松平家の抱屋敷を見つつ、やがて豊前中津《ぶぜんなかつ》で十万石を領する奥平《おくだいら》家の下屋敷にぶつかる。

左に曲がり、一町ほど行くと奥平屋敷の塀が切れる。その道を入ると、すぐ右手に筑後《ちくご》久留米有馬《くるめありま》家の下屋敷の辻番所がある。

辻番の無遠慮な目を浴びつつ、道を南にまっすぐくだる。右側にはやがて田園風景が眺められるようになるが、左手は武家屋敷の塀がずっと続いている。

近江水口《おうみみなくち》二万五千石を領する加藤《かとう》家の下屋敷の塀が終わったところで、左側の視界は一気にひらける。三町ほど向こうに眺められる町並みはすでに品川宿のものだ。

ほぼ正面に御殿山《ごてんやま》が見えている。このあたりまで来ると、潮の匂いはかなり濃い。

御殿山は、五代将軍綱吉《つなよし》が鷹狩の際、休息をするための御殿があったことからその名がある。

御殿そのものは元禄《げんろく》十五年（一七〇二）に火災で焼け落ちたが、その後、八代将軍吉宗《よしむね》が一帯に吉野桜を植えさせたことで、花見の名所となった。頂上からは房総《ぼうそう》の山々まで見渡すことができ、江戸で最も桜の開花がはやいこともあって、江戸者のあいだで一、二を争う人気の場所だ。

北品川宿に出た重兵衛は、旅の者や行楽の者が行きかう喧噪のなかを歩いた。

東海道のすぐ東は海が間近に迫っていて、建ち並ぶ旅籠《はたご》の裏側は波が洗っているような感さえ受ける。

穏やかな日を受けた海には、荷を満載した船が幾艘も停泊している。潮の香りは先ほどとはくらべものにならないほど強くなり、貝でも焼いているらしい醬油《しょうゆ》の焦げる香ばしい匂いも漂ってきている。

品川宿は東海道随一の宿場だけに、白金村からほとんど出ることのない重兵衛にとって、目がまわりそうな人波だ。

この宿場の旅籠は飯盛女という呼び名で女郎を置くことが許され、その数は五百名といわれている。旅籠以外にも妓楼として遊女を抱えている店もあり、おそらく元吉はそういうところに居続けているのだろう。

南品川宿に入り、宿場の者と思える男に女郎宿の名をだして場所をきいた。

その若い男は、重兵衛の風体を確かめるような目をしたあと、にやりと笑って教えてくれた。

礼をいって歩きだした重兵衛は、元吉の顔を思いだした。まったくいい歳をしてなにをしているのだろう、とお律がかわいそうでならなかった。

お師匠さんが迎えに行ったならむげに断るような真似はしない、とお律はいったが、以前、重兵衛が酔って川にはまった元吉を助け、また、遊山《ゆさん》に来ていたならず者にからまれていたところを救ったこともあるからだ。

東海道から右に路地を一本入った奥に、その女郎宿は建っていた。名は川田屋《かわだや》。

意外に質素な二階屋だ。吉原《よしわら》にあるような建物を頭に描いていたのだが、ふつうの旅籠をこぢんまりとさせたような感じだ。

一間ほどの広さがある入口脇の縁台に、一人の若い男が腰かけていた。重兵衛を見ると立ちあがり、兄さんはじめてだね、となれなれしく声をかけてきた。

声はやさしげだが、瞳の奥には油断のならない光がたたえられ、身ごなしはいかにも敏《びん》捷《しょう》そうで、懐には匕首《あいくち》をのんでいるのが知れた。いったんことがあれば、人を刺し殺すことを躊躇《ちゅうちょ》しないという色が、そのすさんだ表情には浮かんでいる。

「元吉さんが世話になっているときいてやってきたんだが」

重兵衛がいうと、男は目を細めた。

「知り合いかね」

「ああ。いるんだろ。家人たちが心配している。連れ帰りたい」

「なんだ、客じゃねえのか」

愛想をいって損をしたという顔だ。ぺっと重兵衛の足元に唾《つば》を吐く。

「知り合いってどんな知り合いだい」

「同じ村に住む者だ」

「白金村かい」

男は重兵衛をじろじろと見た。

「十徳《じっとく》を羽織っているが、もしかしたら手習師匠かい、あんた」

再び唾を吐いた。

「手習所には俺も通ったが、あまりいい思い出はねえな。おっかねえお師匠さんでよ、よく柱に縛《しば》りつけられたもんだぜ。あんたも同じことするのか」

「いや」

「そうか。あんた、やさしそうだものな。女の子にも人気があるんじゃねえのか」

「はやく元吉さんに会わせてほしい」

「いいよ。でも、連れ帰るのは勝手だが、たまってるものをいただかないことには無理だな」

重兵衛は内心、眉をひそめた。

「いくらだ」

「うちは安くはねえんだ。なんてったってほかとは女がちがうからねえ」

重兵衛は黙って待った。

「ちょうど五両だよ」

そんな大金は持っていない。おそらく、いや、元吉も持っていない。

「なんだよ、五両なんて見たこともないって面《つら》だな」

「つけでは駄目なのか」

「当たり前だ。つけで遊べる宿なんかきいたことないぜ」

「なら、これではどうだ」

重兵衛は腰の脇差《わきざし》を鞘《さや》ごと引き抜いた。

「売れば十両にはなるはずだ」

左馬助《さまのすけ》からもらった業物《わざもの》だ。前に左馬助を助けたとき重兵衛の脇差は折れてしまったのだが、左馬助がその代わりにくれたのだ。

「十両、ほんとかい」

受け取った男はすらりと抜いて、刀身をじっと見た。

「俺にはわからねえな。ちょっと待ってな。きいてくるからよ」

男は奥に姿を消した。

すぐに戻ってきた。さらに人相が悪く、凶悪そうな男を連れている。

その男がずいと前に出てきた。

「あんたかい、元吉さんを連れ帰りたいってのは」

小柄だが、がっちりとした体軀《たいく》はかなりの膂力《りょりょく》を秘めていそうだ。金壺眼《かなつぼまなこ》ののった顔は脂《あぶら》ぎり、鬢《びん》のあたりにはわずかに白髪がまじっているが、いわゆる若白髪というやつで、歳はまだ三十そこそこだろう。

「手習師匠だってな。ふん、それにしちゃ、いい物を持っているな」

重兵衛に脇差を返してきた。

重兵衛は男を見返した。

「不思議そうな顔をせんでもいいよ。いらんということさ。確かに、これなら十両かそれ以上にはなるだろうが、今日はいい」

ついてきなよ、と男はいった。

重兵衛は男の分厚い背中を見つつ、足を踏みだした。

入口を入ると右手に階段があり、男はそれをあがってゆく。

階段の奥のほうに数名の男がたむろしている。重兵衛を見る目つきはにらみ据えるというい方がぴったりだ。いずれも一癖も二癖もありそうな男たちで、日の当たる道をまともに歩けそうもない面つきをしている。

二階にあがった。

せまい廊下が縦横に走るなかにいくつもの部屋がある。外から見たときより、なかははるかに広いつくりになっている。

迷路のような廊下だが、男はためらうことなく進み、一つの部屋の前で足をとめた。

「元吉さん、お客だよ」

襖越しに声をかける。

「客って誰だい」

ほうけたような声だったが、重兵衛はほっと息をついた。まちがいなく元吉だ。声には少しやつれがまじっているような感じがしないでもないが、それでも元気そうだ。

「白金堂の重兵衛です」

「えっ、誰だって」

「重兵衛です。元吉さん、いいですか、あけますよ」

返事がない。

「あけますよ、いいですね」

返事を待たずに襖をひらく。

高価そうな布団の盛りあがりがまず目に入った。頭は向こうだ。

「元吉さん、入りますよ」

「駄目だ、重兵衛さん、帰ってくれ」

元吉が布団をかぶった。

重兵衛は無視して部屋に入りこみ、布団に手をかけた。

「元吉さん、みんな、心配しています。手前はお律にいわれてやってきたんです」

重兵衛は腕に力をこめて、布団をはごうとした。しかし、元吉はそうはさせまいと必死に逆らっている。

「元吉さん、いったいどうしたんです。あんなにまじめだったのに、どうしてこんなところに居続けなんか……」

「重兵衛さん、いいから帰ってくれよ」

くぐもった声で叫ぶ。

重兵衛は、裂けてもいいくらいの気持ちで布団を引っぱった。

目をみはる。

元吉の横にいるのは、お律と同じくらいの歳と思える娘だった。その娘は、妖艶《ようえん》という言葉がまさにぴったりだ。薄い襦袢《じゅばん》をまとった体つきは幼いが、重兵衛を見あげる瞳は大人のそれだ。

元吉が魅入られてしまうのも無理はない、という気が一瞬した。

重兵衛は娘から目をそらした。

どうやら幼い女の子だけを集めて、客を取らせている宿らしい。おそらく、手習子たちと同じ歳の頃の女の子ばかりなのだろう。

正気に戻った重兵衛は吐き気を覚えた。

「さあ、元吉さん、行こう」

重兵衛は元吉の手を取った。

「いやだ、お師匠さん、ほっといてくれよ」

元吉はあらがって、ふりほどこうとした。

男が寄ってきた。

「お師匠さんよ、いやがってんじゃねえか。ここにいさせてやれよ」

「そうはいかぬ。家人が待っているし、仕事もたまっている。いつまでもこんなところにいてもらっては困るのだ」

「こんなところってのはいい草だなあ、お師匠さんよ」

重兵衛はにらみつけた。

「唾でも吐きかけたいって面してなさるね。それにしても、若さに似合わずおっかねえ顔だ。あんた、元はお侍のようだね。人でも斬ってるんじゃねえのか」

もしかしたら重兵衛の腕を見抜いたかもしれないが、男は怖れた様子を見せることもなくぎろりと見返してきた。

「さっきのあんたのうらやましそうな顔、しっかり見せてもらったよ。あんたにも、元吉さんと同じ血が流れてるんだ」

重兵衛は答えず、無理に起きあがらせた元吉をともなって外に出た。

なにゆえ五両の代金を払わずに店の者が元吉を帰らせたのか重兵衛は不思議だったが、今は深く考えないことにした。元吉を無事に家に戻すことが最も大切だ。

晩秋の短い日はすでに暮れかけ、品川宿には夕闇の色が濃く漂っていた。旅籠の女中たちの客の取り合い合戦は、激しさを増している。

村への道々、重兵衛は家人がどんなに心配しているか元吉にいいきかせた。

だが、ひたすら無言を貫く元吉の顔に反省の色は見えない。

また同じことをやるのでは、との危惧《きぐ》を重兵衛は持たざるを得なかった。

六

輔之進はあぐらをかいている。

石崎内膳の厚意から与えられた御長屋の一室は畳敷きの六畳間で、夜具だけでなく、暖を取る火鉢も用意されている。

だが、信州《しんしゅう》にくらべれば江戸の大気は初秋のようにあたたかく感じられ、これなら、当分必要なさそうだ。

ごろりと横になり、腕枕をした。

興津重兵衛か、と面影を頭に思い浮かべた。

実際のところ、輔之進は強い憧れを抱いている。兄を殺された今もその気持ちは、兄には悪いが、薄れているとはいいがたい。

もし首尾よく捜しだせたらどうするか。

そのときは決まっている。迷いなどなしに仇を討つ。武門として当然のことで、そこに憧れなどという甘ったるい感情が入る余地はない。

だが、興津は簡単に討てる男ではない。こちらが返り討ちにされることは十分すぎるほど考えられる。

さっきまでは感じなかった、ぞくっとする寒けが背筋を這ってゆく。

この歳で死ぬなど考えたくはないが、興津ほどの遣い手と立ち合えば、どちらがものいわぬ骸《むくろ》になるか、知れたものではない。

それにしても……。

兄はどうして興津のうしろに立つような真似をしたのか。興津の構え直した刀が兄の体を貫いたときいたが、いくらなんでも不注意すぎる。慎重な兄のすることとは思えない。いったいなにがあったのか。興津は知っているのだろうか。いや、どうだろう。興津も、この同じ江戸の空の下、同じ疑問を抱いているかもしれない。

ふと気がつくと、部屋のなかが暗くなっていた。起きあがり、隅の行灯《あんどん》に火を入れる。淡い光が、なにもない部屋を遠慮がちに照らしだした。自分の影がうっすらと壁に映っている。そのはかなさが、命の薄さに通じているような気がした。


あくる日、はやく起きだした輔之進は、麻布に行ってみた。まずは興津重兵衛が目撃されたという御箪笥町に足を運んだ。

この町に剣術道場はなかった。しかし、この町近辺に興津が暮らしていることはまずまちがいないのだ。

麻布御箪笥町を東西からはさみこむようにしている麻布谷町《たにまち》をまわってみた。手にした人相書を、行きかう人たちに見てもらったが、心当たりを持つ者は一人としていなかった。

輔之進はこのあたりに興津はいないと判断し、南と思える方角へくだりはじめた。

やがて、麻布と一口にいっても、かなり広いことがわかってきた。

やたらに坂が多いし、地形が錯綜しているせいか、道が曲がりくねってもいる。山国で生まれ育ったとはいっても、これだけ起伏のある場所で暮らしたことはないから、歩きまわっているうちに輔之進は疲れを覚えた。

いや、地勢というより、やはり人の多さにだろう。どこに行っても多くの人がいるというのは、慣れない者に相当の疲労を強いるのだ。

ほんの半日で、輔之進はくたびれ果ててしまった。この調子で果たして興津重兵衛を見つけられるものなのか。

弱気が胸をかすめてゆく。

しかし、とすぐに思い直した。自分はまだ恵まれているほうなのだ。

どころか、かなり運がいいといってよい。なにしろ、仇がどのあたりにひそんでいるか、つかめているのだから。

仇討旅は、成就《じょうじゅ》する者がほとんどいないといわれる困難な旅だ。当然だろう。どこに逃げたかわからない者を、当てもなくただひたすら捜し続けるだけなのだから。仇にめぐり合えたり、捜しだしたりできる者は百人に一人いればいいところで、さらに本懐を遂げられる者に至ってはいったいどのくらいの数になるものなのか。

せっかく捜しだしたのに、返り討ちにあった者も多いときく。

返り討ち、と考えて、またも背筋を冷たいものが通りすぎていった。

輔之進は首を振って、しゃんとした。

空を見あげる。くじけそうになったとき、空を見ると気分が晴れてゆく。幼い頃からそうで、これは兄が教えてくれたのだ。

剣を最初に教えてくれたのも兄だ。

五歳のときだった。

兄はすでに十一で、道場に通いはじめていた。道場から帰ってきた兄が庭で素振りをしているのを見て、輔之進は教えてくれるようせがんだのだ。

兄はにこやかに笑ってうなずいた。兄の白い歯。初夏の太陽を跳《は》ね返《かえ》すようにきらりと光ったのを今でもはっきりと覚えている。

自分の天稟《てんぴん》を引きだしてくれたのも兄だ。

あれは、庭での稽古をはじめて一年ばかりたったくらいだろうか。それまでまったく見えなかった兄の竹刀が、その日に限ってはよく見えたのだ。

見えたというより、どう動くのかが予期できたといったほうがいい。

体を包みこむ不思議な感覚に導かれるままに竹刀を振るうと、自分でも気がつかないうちに竹刀は兄の面をとらえていた。

あのときの兄のあっけにとられた顔。思いだすだけで笑いがこみあげる。

その兄はもういない。あの顔を見ることは二度とないのだ。

そのことを考えるだけでも興津重兵衛が憎くてたまらなくなるはずなのだが、闘志は相変わらずわいてこない。

道場に入門が許される歳になったとき、最初は兄と同じ道場にしようと考えていた。

しかし道場を見学に行ったその日、輔之進は興津重兵衛を見てしまったのだ。

それで、あわてて別の道場を選んだ。あれだけの遣い手と一緒に稽古ができればまちがいなく技量は伸びるだろうが、逆に、自分には剣の才がないことを思い知らされるのが怖くてならなかったのだ。

一陣の風が通りすぎる。裾《すそ》がめくれあがった娘の小さな悲鳴で、輔之進は回想から引き戻された。

気がつくと、どこを歩いているのかわからなくなっていた。

足をとめ、まわりを見渡す。

道を行く人に、ここがどこかきいた。西久保葺手町《にしくぼふきでちょう》ということだ。

そういえば、と輔之進は思いだした。確か隣町の西久保神谷町《かみやちょう》に、家中の者が大勢通う道場がある、と内膳がいっていた。名を崎山《さきやま》道場といい、その道場に行けばきっといい話をきけるはずだ、とも。

もっとも、崎山道場のことは内膳から話をきかされたときからずっと気にかかっており、うろ覚えの道順を意識のないままたどってきたにちがいない。

西久保神谷町に入り、崎山道場を捜した。

町の住人らしい者にきいたら、簡単に見つかった。江戸者は冷たいのかと思っていたがそんなことはなく、たいていの者が親切だ。

町がとてつもなく大きいだけに、逆に身を寄り添わせるようにお互い助け合わなければ生きていけない、との思いが徹底されているように感じられた。

建物に近づきつつ耳を澄ますと、竹刀を打つ音や気合らしい声がきこえてきた。心が浮き立つ響きだ。

訪《おとな》いを入れると、若い門人がやってきた。

内膳から話は通じている様子で、輔之進は丁重に道場内へ通された。

隅に正座し、稽古の様子を眺める。

びっくりするような腕の持ち主はおらず、輔之進はちょっぴり拍子抜けする思いだった。

その思いを見抜いたわけでもないだろうが、竹刀を杖のようにして稽古を見つめていた高弟らしい男が寄ってきた。

「おぬしが松山輔之進どのか。国許では天才と呼ばれておるらしいな」

じろじろと遠慮のない目をぶつけてきた。その表情の裏に、どうせ井のなかの蛙《かわず》だろう、といいたげな侮りが見える。

「同じ家中のお方ですか」

「そうよ」

言葉の歯切れのよさからして、どうやら定府《じょうふ》の者のようだ。

「どうだ、俺と立ち合ってみぬか」

「いえ、遠慮しておきます」

この程度の男とやり合っても得るところはない。腕のほどは透けている。

「臆したのか」

「いえ、そういうことではありませぬ」

そこだけはきっぱりと告げた。

「それがしは兄の仇につながる手がかりがうかがいたいのです」

「話をきいたあとならよいか」

ぐいと顔を近づけてくる。

そうまでいわれては断る理由はない。それに、どんな相手とはいえ、竹刀を振るえる機会を持てるのはやはりうれしい。

「師範代」

男が、神棚の下で正座をしている男を呼んだ。

呼ばれた男はすっと立ちあがり、稽古を中断するよう皆に命じた。竹刀の打ち合う音や気合が一瞬にして消え、道場は静寂に覆われた。

「みんな、来い」

師範代が手を振ると、三十人はいる門人たちが輔之進のまわりに寄ってきた。

師範代が輔之進の前に立った。

「ご家老から話はうかがっている。なんでもきくがよい」

輔之進はその言葉に甘え、興津重兵衛の風体、年齢、どんな太刀をつかうかなどを告げ、心当たりはないか、きいた。人相書を懐からだして、全員に見せもした。

勤番で国許から出てきている者が何人かいて、その者たちは興津のことや剣名も知っていたが、この界隈で見かけたことはない、と口をそろえた。

定府の者たちにも、心当たりを持つ者はいなかった。

こんなものだろうな、と輔之進に落胆はなかった。いきなり手がかりがつかめると期待していたわけではない。

むしろ、ほっとした思いがある。いきなり手がかりをつかみ、興津と対決するなんてことになったら。心の準備というものが輔之進にはまだできてなかった。

門人たちがじっと顔をのぞきこんでいる。どの顔にも輔之進に対する興味の色が濃くあらわれている。腕を見たくて誰もがうずうずしているようだ。

「よし、松山どの、もういいだろう」

最初の男が声をかけてきた。

「防具はそこだ」

いらぬ、と思ったが、素直に着けた。輔之進自身、防具に身を包まれるときの緊張感がきらいではない。

竹刀を選び、素振りをくれた。それだけでかすかなどよめきが起きた。

「町田《まちだ》、おぬしからでよいな」

師範代がいい、最初の男が深くうなずいた。

道場の中央で向き合った。

はじめっ。師範代のかけ声とともに勝負ははじまった。

輔之進は体の軽さを感じている。竹刀の感触は懐かしく、足さばきは滑らかだった。どうやら腕が落ちていないことにほっとしている。

町田が面を狙ってきた。それをいなし、さらに胴を打ってきたのを楽々と弾き落とした。

町田が小手を打つように見せかけて面を打ち据えようとしたのを見切って、ほんの半歩体を揺らすようにして避けた。

面のなかの町田の顔色が変わった。今のは町田の得意技で、もしかするとこれまではじめて対戦する者にはかわされたことがなかったのかもしれない。

獣を思わせる猛烈な気合を発して、町田が上段から打ちこんできた。

輔之進は動かず、真っ向から落ちてくる竹刀を見つめていた。

町田の竹刀が面をとらえたと誰の目にも映った瞬間、輔之進は鷹のすばやさで横に動き、町田の胴を抜いていた。

びしりというしびれるような手応えが腕を伝わる。

一本。師範代の声が響き渡った。

うしろに下がり面を取った町田は信じられないという表情をしている。はじめて面を打たれたときの兄と同じ顔だ。

その後、四人が挑んできたが、輔之進は遠慮がちな竹刀さばきながらも、次々に打ち破った。

四人との立ち合いが終わる頃には、侮《あなど》りの色は誰の目からも失せ、畏敬《いけい》の色だけが濃く浮かんでいた。

最後に師範代とも立ち合った。だが、腕のちがいは明らかだった。

門人たちの手前、輔之進は叩きのめすまではしなかった。

ただし、遠慮なしに攻めまくった。応対に窮した師範代のほうが音《ね》をあげた。

七

昼になり、多くの子供たちが昼食をとりに帰った。

手ばやく飯を終えた重兵衛は、弁当をつかっているお律のもとに行った。

一緒にいたお美代は気をきかせ、吉五郎たちのところへ移っていった。

「元吉さんはどんな様子だ」

重兵衛はささやくようにきいた。

「朝から野良仕事に出てます」

お律は小さな笑みを見せた。

「そうか」

「おっかさんもうれしそうで……」

重兵衛はほっとした。お律の表情にもわずかだが、明るさが戻ってきているのもうれしかった。

「なんにしろよかった」

重兵衛はお律に笑いかけた。お律は笑い返してくれた。

「飯はまだ食べ終えておらぬようだな。腹ぺこなのにすまなかった」

「お師匠さん、本当にありがとう」

お律が頭を下げた。

「お師匠さんに頼んで、本当によかった」

「いや、そんなにあらたまられると照れてしまうな」

重兵衛はお律の頭を軽くなでて、立ちあがった。

ただし、まだ油断はできないとの思いに変わりはない。縁側のほうにまわり、沓脱《くつぬ》ぎの草履を履いて、重兵衛は新堀川《しんぼりがわ》沿いの道に出た。

お律の家は、昨日そばを通った光禅寺の向こう側にある。白金村を南北に突っ切る水路の先で、下渋谷村《しもしぶやむら》との境近くだ。

行きかう百姓衆と挨拶をかわしつつ、重兵衛は道を急いだ。今頃、元吉たちも昼食の最中だろうが、顔をとにかく見たかった。

水路に出た。畦《あぜ》に、元吉と女房のおりよが並んで座っているのが見える。お律の祖父母の姿はない。元吉が戻ってきたことで、家にいるのだろう。

土手が少し盛りあがった右手側に、背の低い木々がかたまった茂みがある。

そのうしろに重兵衛は行き、元吉たち一家の表情を眺めた。のぞき見そのもので、いい気分とはいえなかったが、手立てを選んでいる場合ではない。

元吉は黙々と握り飯を口に運んでいる。おりよも同じで、夫婦に会話はないようだ。

重兵衛は、舌打ちしたい思いだった。

元吉の顔には、いかにもここにいることがおもしろくないといった、苛立ちが見えているのだ。遠目だが、それははっきりとわかった。

夫婦がお互い打ち解けたような笑顔を見せてくれたら不安も消えるのだが、あれではきっとまた同じことをしでかすにちがいない。

お律がかわいそうでならない。なんとかしたいが、これぱかりは元吉が目を覚ますのを待つしかない。

また川田屋に行ったら、連れ戻してやるまでだ。

そう腹を決めて重兵衛は茂みを離れた。

白金堂に戻りつつ、昨日、元吉を家に連れ帰ったときのことを重兵衛は思い起こした。怖れていた修羅場《しゅらば》にはならず、そのことには安心した。おりよやお律の祖父母は冷静な顔で、元吉を出迎えたのだ。

もちろん、自分がいたからそういうふうになったとも思えるのだが、あのあと一悶着《ひともんちゃく》起きそうな雰囲気は感じられなかった。

それにしても、と足を進ませつつ考えて重兵衛は首をひねった。一つ、どうしても腑《ふ》に落ちないことがある。

川田屋のあの男が、十両になるはずの脇差を受け取らなかったことだ。

あれはどういうことなのか。

金のためならなんでもする男に見えたのだが、勘ちがいだろうか。

ともかく、元吉の五両という借金は消えてはいないのだ。元吉はいったいどうするつもりなのか。

五両などという金は、このあたりの百姓にとって一生見ることのない大金だろう。ちらりといやな思いが頭をかすめていったが、いくらなんでもそこまでは、と重兵衛は考え、その思いを即座に断ち切った。

道の向こうから白い犬が駆けてくる。

重兵衛は立ちどまり、目をこらした。

犬は甲高い鳴き声をあげながら走ってきて、重兵衛の足にまとわりついた。

「うさ吉《きち》」

重兵衛はふわりと抱きあげた。うさ吉が顔をぺろぺろなめる。

「おい、こら、よせ。くすぐったい」

うさ吉を追いかけておそのがやってきた。

「重兵衛さん」

はあはあと荒く息を吐いている。

「急に走りだしたんでどうしたのかと思ったら、この子、重兵衛さんのにおいを嗅いだんですね」

重兵衛はうさ吉をおそのに返し、着物の袖《そで》のあたりをくんくんやった。

「そんなににおうかな」

「いえ、そんな、犬だからわかるのですよ、私には全然」

そのいい方に重兵衛は苦笑した。

「このあいだはありがとう、とてもおいしかった」

「ああ、いえ、あのくらいでしたらいつでもいらしてください」

「でも、おそのさん、見直したよ」

重兵衛はしみじみといった。

「あんなに包丁が達者だとは思わなかった」

「母に教わったんです」

おそのは寂しそうな笑みを見せた。

「とてもやさしい人で、女は包丁でなんでもできるようにならなきゃ一人前じゃないって、まだちっちゃかった私に教えてくれたんです。そのときはとても厳しかったんですけど、一つずつ料理ができてゆくようになると、もう楽しくて楽しくて。きっと母もそのことを私に伝えたかったんじゃないか、と」

「いいお母さんだったんだな。おそのさんは、似ているんじゃないか。俺は残念ながら母上に会えなかったけれど」

「どうでしょうか」

おそのは小首をかしげた。

「父は、仕草がそっくりなときがあってびっくりするっていいますけど、顔形はどうかしら」

重兵衛はどうして母親が亡くなったのか、知りたかったが、そこまではさすがに口にださなかった。

「原因はよくわからなかったんです」

おそのが重兵衛の思いを読んだようにぽつりといった。

「お医者さんはおなかに腫《は》れ物《もの》ができているといいましたけど。日に日にやせ細って、ついには骨と皮だけになってしまって」

いつも明るい娘だが、そんなときもあったのだ。人が暮らしてゆく上で、常に日が照っていることはあり得ない。

おそのはうっすらと涙を浮かべている。抱き締めたいという感情がわきあがったが、重兵衛は足に力をこめることでなんとか自制した。

うさ吉がおそのの顔をなめはじめた。

八

連子窓から入りこむ陽射しが、なめらかな光沢を持つ板の並びをやわらかく照らしている。

輔之進は息をとめ、目の前の相手を力をこめることなく自然に見つめている。

相手はすでに及び腰だ。一度、二度と竹刀をかわしたところで互いの力量差は明白になった。

あとはいつ仕留めるか。

だが、まわりを取り囲む門人たちの前で恥をかかせるような真似だけは避けたい。

崎山道場ではやりすぎたか、という思いが輔之進にはある。思い切り胴を打ち抜くことはせず、もっと別のやり方があったのではないか。あの町田という男の高弟としての威厳が門人たちのあいだで失われたであろうことは想像にかたくない。

今、輔之進は麻布今井三谷町《いまいみたにちょう》にある梅田《うめだ》道場にいる。ここは、崎山道場の師範代から紹介されたのだ。

麻布今井三谷町から東北方向へまっすぐ六町ほど行けば、溜池《ためいけ》と呼ばれる外堀にぶつかる。この町は江戸城に近く、麻布というより赤坂《あかさか》溜池端といったほうがいい場所にある。鉄砲組の先手組同心が居住する組屋敷に取り囲まれた形の小さな町だ。

組屋敷のまわりには大身の旗本や小大名の上屋敷が建ち並んでいるから、門人にはおそらくこと欠かないのだろう。

道場内に招き入れられた輔之進は手順として、興津重兵衛に心当たりを持つ者がいないかまず門人たちにたずねているが、この道場にも心当たりを持つ者はおらず、興津が出入りしている様子もなかった。

「崎山道場ではご活躍だったそうだな」

隅に遠慮がちに正座をして稽古を見つめていると、師範代が声をかけてきた。その瞳には崎山道場と同じく、田舎から出てきた輔之進を軽んじる色がはっきりとうかがえた。

「どうだ、立ち合わぬか」

輔之進に否やはなかった。

誰かまず高弟に相手をさせるのかと思ったが、師範代は自ら竹刀を手にした。

師範代と向き合うや輔之進は竹刀をかすかに動かし、息を細く入れた。竹刀を打ってくるならここだったが、脂汗をだらだら流している師範代にはそれがわからなかったようだ。

輔之進は苦笑した。隙を見せてやったのに乗じてこないとは。今打ちかけてくれれば、面に浅く入れさせてやる気でいた。それで、師範代の面目は立ったはずなのだ。

もっとも、師範代には罠《わな》にしか映らなかったのかもしれない。罠にかけるほどの腕ではないのだが。

さて、どうやって幕を引くか。うまくやらないと、次の道場を紹介してもらえないおそれがある。

輔之進は竹刀の先をあげ、すっと前に出た。鋭い気合を発して面を狙う。ただし、振りをほんの少しだけ大きくした。

師範代がぎりぎりで弾きあげる。輔之進はそれに押された格好になった。それも師範代は罠ではと疑ったようだが、ままよとばかりに胴に打ってきた。

輔之進はかろうじて受けた。竹刀を立てなければ、あとわずかで入るところだった。師範代の劣勢にしおれていた門人たちがどよめき、色めき立った。

師範代は完全に勢いづいた。面、胴、小手、さらに面、と連続技を仕掛けてきた。

輔之進はいずれもかろうじてという形でかわし続けた。そのたびに門人たちから、嘆声が漏れる。ああ。惜しい。もう少し。

その声に元気づけられたわけでもないだろうが、師範代はさらに攻め立ててきた。

輔之進はひたすら受け続けたが、やがて、竹刀を払う作業にも飽きてきた。もう師範代の面目が立たないということはないはずだ。

裂帛《れっぱく》の気合を発した師範代が渾身の力をこめた竹刀を面に振るってきた。輔之進はよけようとして、足を滑らせた。

そのことで師範代の竹刀は空を切り、がら空きになった胴を輔之進は打ち抜いた。

ああ。師範代と門人たちは同時に声をあげた。

師範が二人をわけ、輔之進はうしろに下がって面を脱いだ。汗はほとんどかいていないが、疲れた顔をつくった。

すべて理解しているらしい師範から次の道場の紹介を受けた輔之進は、礼をいって梅田道場をあとにした。

崎山道場の師範代よりましだったが、江戸といっても所詮はこんなものなのかな、と輔之進は少し物足りなさを感じた。

それでも、日本一の町だから、剣術に関して底の浅い町でないのはわかっている。いまだ出会っていないだけの話だろう。それに、さっきの師範が教えてくれた道場はかなり期待が持てそうに思えた。

これではいかんな。仇討より剣術のほうが優先されていることに気づき、輔之進は苦笑した。

しかし、仇討ばかりはあせったところでどうしようもない。ここはゆったり構えるべきだろうと輔之進は思っている。それに、決して興津重兵衛捜しをなまけているわけではないのだ。

人相書を手に、興津につながる手がかりがないか、麻布周辺を必死に歩きまわった。なにも得るものがないまま、日はだいぶ傾いてきている。腹が減っていた。そういえば、朝、上屋敷で朝食を取ってから、なにも入れていない。

どうせ食うなら、と輔之進は思った。江戸名物を食いたいものだ。

今、自分がどのあたりにいるのかわからなかったが、東側に暮れゆく夕日を受けて橙《だいだい》色《いろ》に染まる広大で深い緑が見えている。

麻布から見えるあれだけの杜《もり》といえば、おそらく増上寺《ぞうじょうじ》だろう。

あのあたりならきっと食べ物屋にも不自由しまい、と輔之進は足を向けた。

増上寺の塀に沿う道までやってきた。

それにしても、この寺の広さには圧倒される。徳川家の菩提所だから当然とはいえ、二十万坪を超える境内《けいだい》に建つ寺院や学寮で三千名以上の僧が修行をしているという事実は、田舎から出てきたばかりの者にはにわかには信じがたい。

飯倉《いいぐら》四丁目のほうに行き、道に出ている寿司の屋台で腹を満たした。

一つ八文というのは出費だが、江戸にいるあいだの最後の贅沢《ぜいたく》と思い切った。どうせ高《たか》島《しま》に帰れば、海の幸など食するどころか目にする機会すらほとんどなくなるのだから。鯵《あじ》や鯖《さば》など十個ばかりを食べた。それでけっこう満腹になった。もともとそんなに食べられるほうではなく、子供の頃から少食だ。兄は大食漢で、同じ兄弟なのにずいぶんちがうと母にはいわれたものだった。

代を払って、上屋敷に戻る道をたどりはじめた。

飯倉三丁目と二丁目の境に口をあけている道に入って、増上寺の境内を抜けられる切《きり》通《どおし》と呼ばれるらしい道をすぎ、東海道につながるはずの道を進んだとき、右手から男の怒鳴り声がきこえてきた。

暗くなりつつある路地の奥で、男が誰かを蹴りつけているようだ。

見すごすわけにはいかず、輔之進は男の背後に足早に近づいた。

よく見ると、天水桶《てんすいおけ》の脇で体を縮めているのはまだ十に満たないほどの子供だった。

「どうした」

背中を見せてひたすら足を動かしている男に声をかけた。

男は首だけを振り返らせた。

「この餓鬼《がき》が饅頭《まんじゅう》を盗みやがったんで」

「それでそんなに蹴っているのか」

表情を険しくした男はくるりと振り向いた。むっと、見まちがいではとばかりに目を細める。輔之進の若さに驚いたようだ。

男は、輔之進を上から下までなめるようにじっくりと見た。

「そうですよ。一個四文の饅頭を五つ、この餓鬼が盗んだんで蹴ってるんですよ」

「二十文か」

「馬鹿にしたようにおっしゃいますが、二十文の利益をだすために、お侍、饅頭をいくつ売ればいいか、ご存じですかい」

知るはずがなかった。

どうせそんなもんだろうな、といいたげに横を向いた男はぺっと唾を吐いた。

「それにこの餓鬼、はじめてじゃねえんですよ。つかまえたのはこれがはじめてですがね。これまで何度もやられてるんで。ここで容赦すると、この餓鬼のためにもならねえですからね。悪さをすれば、それなりの仕置が待ってるってことをこの際とことん教えこんでおかねえと」

「だが、もう十分だろう。血もかなり出ているようだし」

「俺はかまいませんよ。でも、この餓鬼から代をもらわねえと」

「この子からは無理だろう。俺が払うよ」

「お侍、甘やかすとためになりませんよ」

「いや、十分すぎるほど身にしみたはずだ。なあ、そうだよな」

輔之進は懐から財布を取りだし、小銭を探った。

そのとき男の子が立ちあがり、財布を奪った。とめる間もなく駆けだす。

路地を飛び出た男の子は道を曲がった。輔之進は追ったが、男の子の姿は夕闇に紛れて
あっという間に見えなくなった。

「ほら、いわんこっちゃないでしょう」

うしろから近づいてきた男はあきれ顔だ。

「だから、ああいう餓鬼に甘さを見せちゃあいけねえんですよ。だいぶ入ってたんですかい」

「ああ、十五両はあったな。全財産だ」

男の顔に小さな笑みが浮かんだのを、輔之進は見逃さなかった。

「お上に届けたほうがよろしいんでは」

「むろんだ。この町の自身番はどこだ」

男はていねいな口調で道を教えた。

「なんなら案内しましょうか」

「いいよ。おぬしも忙しいだろ」

「今度あの餓鬼を見つけたら、とっつかまえときますよ」

胸を叩くように請け合う。

「頼む」

輔之進は歩きだした。男が厳しい目を送ってきている。

さらに濃くなった夕闇にさえぎられて見えなくなるまで、男が見つめ続けていることに輔之進は気づいていた。


男が舌打ちする。

「十五両なんていいやがったが、二両ぽっちじゃねえか」

男の子をぎろりとにらんだ。

「おめえ、くすねたんじゃあるめえな」

男の子があわてて首を振る。

「そんなことしてないよ」

「その通りだよ。もともと二両しか入っていなかった」

二人はぎょっとして、振り返った。

輔之進は逃げ場をふさぐように、二人の前に立った。これ見よがしに鯉口《こいくち》を切る。

人けのないせまい路地の奥にいる二人は、男の子のほうが提灯を持ち、金を数える男の手元を照らしていた。

「よく考えたものよな。危うく引っかかるところだった」

「でも、どうして……」

「わかったのか、か。おぬし、俺を最初に見たとき、値踏みするような目で見ただろう。その目つきが気に入らなかった。いかにも金を持っているかどうか確かめようという目だった」

「じゃあ、財布はわざと……」

「当たり前だ。子供に掏《す》り取《と》られるような腕ではない。甘く見てもらっては困る」

「どうするんです、斬るんですか」

男が輔之進の手元を見る。

「おぬしが歯向かえばな」

「お侍」

男の子ががばっと土下座をした。

「お願いです。見逃してください」

輔之進はしゃがみこんだ。

「父親なのか」

「はい」

輔之進は男にたずねた。

「いつからこんなこと、やっておるのだ」

「一月ほど前です」

「馬鹿をいえ。一月であの手並みは無理だな。正直にいえ」

輔之進は瞳を鋭くした。

「は、はい、半年ばかり前です」

「稼げたのか」

「いえ、そんなには」

「おぬし、歳は」

「三十五です」

「女房は」

「家で寝てます。火事で崩れた家に足が下敷きになって」

「本当か」

輔之進は男の子にきいた。

「もう一年以上、寝たきりなんです。歩けないんです」

輔之進を見あげる目には涙が浮かんでいる。この子が嘘をついていないのは、いくら年若の自分でもわかる。

「おぬし、生業《なりわい》は」

「饅頭の職人です」

「だから詳しいのか。饅頭を売るのではなかなか稼げぬか」

「いえ、奉公していた饅頭屋も焼けて、主人も亡くなって。それに、女房の本復を祈る祈《き》禱料《とうりょう》がとても高いもので」

「祈禱だと。ああいうのは胡散臭《うさんくさ》げなのが多いだろう。金を捨てるようなものではないか」

「あっしらが頼んでいるのは霊験《れいげん》あらたかと評判のお人なんです」

「霊験あらたかか」

俺がいくらいっても同じだろうな、と輔之進は思った。薬がきくものでない以上、藁《わら》をもつかむ、という気持ちなのだろう。

わかった、と輔之進はいった。

「今回は見逃しておく。ただし、二度目はないぞ。もし次に会ったとき同じことをしていたら、御番所に突きだす。わかったな」

「は、はい」

「じゃあな」

輔之進はきびすを返した。

「あの、お金は」

振り返った輔之進は、男の手の上の財布を取りあげた。中身を探り、すべてを男に握らせた。

「取っておけ」

「えっ、よろしいんですか」

「ああ。女房にうまいものでも食わせてやれ。祈禱になどつかうな」

二人がなにかいう前に、輔之進はさっさと歩きだしていた。

俺も人がいいな。

この甘さが興津重兵衛と対したとき、命取りになるかもしれない。

九

「お美代、お律はどうした」

手習をはじめなければならない刻限なのに、お律だけがまだ姿を見せていない。

「えっ、知らないわ」

「風邪をひいたとか」

「ううん、昨日も元気だったわよ」

ほかの子供たちにもきいてみた。

誰も休んだ理由を知らなかった。

まさか……。

重兵衛は心配でならなかった。今すぐにでも駆けだしたい衝動に駆られたが、取り越し苦労にすぎないかもしれず、また、目の前の子供たちを放っておくわけにもいかなかった。

いやな気持ちを無理やり抑え、重兵衛は手習を行った。

昼休みになり、重兵衛は昼餉もとらずにお律の家へ行った。

家は空っぽだった。訪いを入れたが、誰もいないようで、返ってきたのはむなしい沈黙でしかなかった。

畑のほうにも行ってみたが、やはり一家はいない。

近所の人にも話をきいたが、お律一家がいなくなってしまった事情を知っている者は一人もいなかった。

仕方なく重兵衛は白金堂に戻り、午後の手習をはじめた。

手習が終わるや、またお律の家へ行った。

表から声をかけたが、返事はなかった。しかし人の気配は確かに感じ取れたから、重兵衛は縁側のある庭のほうへまわった。

疲れきった表情で、母親のおりよとお律の祖父母が家のなかにいた。三人とも囲炉裏《いろり》のある間に、抜け殻のように座りこんでいる。

「おりよさん、お律はどうしたんです」

重兵衛は縁側に膝をついて、きいた。

おりよがなにかつぶやくようにいった。

「なんです、おりよさん、もう一度いってください」

おりよはわずかに声を高め、同じことをつぶやいた。

おりよに一つ頼みごとをしてから、重兵衛は走りだした。頭に血がのぼっている。許せなかった。

危惧が現実になったことも許せなかった。わかっていてとめられなかった自分にも腹が立ってならない。

品川宿までの道のりを休むことなく走り続け、川田屋に到着した。

この前と同じく、入口脇の縁台に若い男が腰かけている。

「ちょっとお兄さん、待ちな」

なかに入ろうとした重兵衛を押しとどめた。

「お律を返してもらいに来た。なかにいるんだろ。捜させてもらうぞ」

「なに勝手なこと、いってやがんだい」

男が肩をつかんできた。重兵衛はその腕をねじりあげ、いててて、という悲鳴を無視して投げ飛ばした。

路上に腰から叩きつけられた男はしばらく立ちあがれそうになかった。

暖簾《のれん》を払った重兵衛は、お律、と叫んだ。

お律は元吉に売り飛ばされそうになっているのだ。お律を売った金で借金を返し、元吉は当分、あのなじみの娘のもとに居続けようというのだろう。

おりよたちは夫をとめようとここまでやってきたが、男たちに手荒く追い返され、どうにもならなかったという。

重兵衛は階段をあがった。二階でもう一度お律を呼んだ。

どこからかかすかに声がきこえた。

足音荒く重兵衛はそちらへ向かった。だが、迷路のような廊下に方向がよくわからなくなった。

この廊下の意味を重兵衛はようやく知った。娘たちを逃がさないようにするためだ。

「なんだ、てめえは」

横から出てきた男が立ちはだかった。

「お律はどこだ」

重兵衛がにらみつけると、男の顔におびえが走った。

「案内しろ」

「冗談じゃねえ」

男が殴りかかってきた。重兵衛は腕をかいくぐり、男に当身を食らわせた。男はあっけなく気絶した。

騒ぎをききつけて男たちがぞろぞろ出てきた。ぐったりと横たわっている仲間を見て、声をあげる。

てめえ、なにやってやがんだ。この野郎。四、五人の男がせまい廊下に殺到してきた。

重兵衛は眉一つ動かすことなく、投げ飛ばした。襖を次々と突き破って、男たちが周囲の小さな部屋へ突っこんでゆく。

それと入れ替わるように、客や娘たちが悲鳴や大声をあげて廊下に出てきた。廊下は祭りのような喧噪に覆われた。

そんななか重兵衛は、急に行きどまりになったり、不意に左右に曲がる廊下を行きつ戻りつして、お律の名を叫んだ。

間近の部屋から、お師匠さん、という声がした。

いきなり右側の襖があき、そこから男が出てきた。この前、脇差を受け取らなかったこの宿のあるじらしい男だ。

「おめえ、いったいなんの真似だい」

男がすごむ。

「お律を取り戻しに来た」

「父親が売るっていってんだ。赤の他人のおめえが口をはさむことじゃねえんだよ」

「お律はかわいい手習子だ。おまえらの勝手にはさせぬ」

男がせせら笑った。

「あんた、そんなことすると、うしろに手がまわるぜ。人の家に押し入って、娘をかどわかすなんざ」

「どちらがかな。おぬし、人の売り買いを公儀が禁じていることは、こんな商売をしているなら知っているだろう。だから、ふだんは年季奉公なんて言葉をつかうのだよな」

「ああ、その通りだ。あの娘はここで奉公するんだよ」

「年季奉公のためには年季証文が必要だな。その証文をつくるには請人《うけにん》と家主の許しがいるはずだが、その二人の名が入った証文が果たしてあるのかな」

男が顔をゆがめた。

「あるわけないよな。お律をこんな宿で働かせることを、村人が許すはずがない。あと、養女にするなんてのもよくある手だな。だが、養子縁組も村役人の許しが必要なのはわかっているよな」

男が人相をさらに凶悪なものにした。

「本当に連れ帰る気なのか」

「それ以外の用があるわけなかろう」

「黙って帰ってくれたら、ほら、こないだの娘、いつでもただで抱かせてやるが」

「見損なうな」

重兵衛は一歩踏みだし、どけというように顎をしゃくった。

男が懐に腕を差し入れた。手に握ったらしい匕首をいつでも引き抜けるように腰を低くして身構える。

「これ以上、勝手な真似はさせねえぞ」

それなりに修羅場はくぐってきているらしく構えは堂に入《い》ったものだったが、重兵衛には生まれたばかりの子犬がうなり声をあげている程度にしか思えなかった。

「あれだけの上玉、今度逃がしたらいつ入るか知れたもんじゃねえからな」

重兵衛は冷たい笑みを漏らした。

「本音が出たな」

男が懐から抜いた腕を叩きつけるようにしてきた。重兵衛は右の肘《ひじ》を突きあげて、ぎらりとした光を放つ匕首を払いのけた。

男は匕首を横に振った。見切った重兵衛は手刀で男の手をびしりと打った。うっとうめいた男の手から匕首がこぼれ落ちる。

あわてて拾いあげようとした男の首筋に、重兵衛は再び手刀を振りおろした。

男は顔を廊下に打ちつけ、間の抜けた烏の鳴き声みたいな声を発して、うつぶせにのびた。

声がした部屋の襖をあける。

お律がいた。巣から放りだされた雛《ひな》のように心許なげな顔だ。

「お律」

呼ぶと、抱きついてきた。

「怖かったろ。さあ、一緒に帰ろう」

重兵衛はお律をおぶった。

「ちょっと重兵衛さん、なにするんです」

重兵衛は振り向いた。

目を逆立てた元吉が立っている。

「元吉さん、あんた、なにをしているかわかっているのか」

「お律は、俺のためならいいといってくれたんだ。だからここにいなきゃ駄目なんだよ」

「あんたの欲のために地獄を見せるのか」

「地獄だなんて、ここにいりゃ極楽だ」

重兵衛は無視して廊下を歩きはじめた。

「重兵衛さん、俺が娘をどうしようと勝手じゃないか」

重兵衛は足をとめ、振り向いた。

「とても親とは思えぬ言葉だな、元吉さん。いい加減に目を覚ましたらどうだ」

それでも元吉は追いすがってくる。

「返せ、返してくれよ」

重兵衛は腕にかかった手を振り払った。

「重兵衛さん、村にいられなくしてやるよ、いいのかい」

「村にいられなくなるのは、元吉さん、あんたのほうだ」

元吉は執拗《しつよう》だった。せまい廊下を重兵衛の前にまわり、両手を広げて通せんぼをした。

妄執《もうしゅう》にとりつかれたようなその姿に、重兵衛は目の前が見えなくなるくらいの怒りを覚えた。次の瞬間、目の前から元吉が消え失せていた。

自分が拳《こぶし》をかたく握り締めていることに重兵衛は気づいた。足元で元吉が、口のあたりから血を流し、気を失っていた。

「おとっつぁん」

お律の口からつぶやきが漏れた。

重兵衛はお律を背負い直して、元吉をまたいだ。

階段をおり、一階に出た。

そこでは、十名ばかりの男が待っていた。いずれも手に匕首を握り、獲物を横取りされた狼のように殺気立っていた。重兵衛を生かしてこの場からだすつもりがないのが、はっきりと読み取れた。

「お師匠さん」

お律が頰を寄せてきた。

「しっかりつかまってろ。決して手を離すんじゃないぞ」

やっちまえ。

四方を取り囲んだ男たちが匕首をきらめかして突っこんできた。

重兵衛には男たちの動きがよく見えていた。うしろから来ようが、即座に身をひるがえして応じた。

男たちの旺盛な戦意をくじくのはむずかしかったが、投げ飛ばしたり、殴りつけたりしているうちに、男たちから徐々に勢いはなくなっていった。

やがて、飛びかかってくる男は一人もいなくなった。

重兵衛はこのまま横になりたいほど疲れていたが、疲れているのをさとらせるとまた男たちを勢いづかせないとも限らないので、仁王のように立って、肩で息をする男たちを見おろしていた。

背中のお律は重兵衛の言葉を忠実に守っている。知らず爪《つめ》を立てているのか、つかまれている肩が少し痛い。

川田屋のなかは悲惨な状況になっていた。大火鉢がひっくり返り、座敷は灰まみれだ。襖はすべて破れ、障子は吹き飛び、神棚は落ちて、簞笥は傾いている。

「邪魔するよ」

そのときふらりと暖簾をくぐってきた黒羽織がいた。

「こりゃまたすげえありさまだな。嵐が来たってこんなふうにはならんだろ」

河上惣三郎《かわかみそうざぶろう》だった。うしろに中間の善吉《ぜんきち》がいる。二人とも重兵衛を見てもなにもいわず、素知らぬ顔を保っている。

意識を取り戻したようで、いつの間にか宿のあるじらしい男が下におりてきていた。

「これは河上さま、よくぞいらしてくださいました」

そういって河上の前に出る。

「おう、彦七《ひこしち》、久しいな」

親しげに声をかけたが、河上はいやな臭いでも嗅いだように顔をゆがめた。彦七をじろりとにらみつける。

「なんだ、町方が来たのが不満みたいな面だな」

「いえ、そのようなことは決して」

「隠さんでもいいぜ。昵懇《じっこん》にしてる代官の手下のほうがよかったんだろ」

河上がこういったのにはわけがある。品川宿は墨引外《すみびき》だが朱引内《しゅびき》で、町奉行所と品川代官の支配が重なり合っているのだ。

「それにしても、相変わらず脂ぎった顔、してやがんな。てらてらと光って、よっぽどあこぎに儲けてるんだろ」

「滅相もない」

河上は顎をしゃくった。

「なにがあった」

「どうしたもこうしたもありませんよ、河上の旦那」

彦七と呼ばれた男は重兵衛を憎々しげににらみつけておいてから、説明をはじめた。

「そのでっけえ男が娘をかどわかそうとしただと」

河上が歩み寄ってきた。

「おい、名は」

重兵衛は答えた。

「かどわかそうとした娘というのは、その子か」

背中のお律を見やる。

「いえ、かどわかそうとしたわけでは」

重兵衛は、どういう経緯《いきさつ》でこういう仕儀になったかを語った。

河上が振り返り、彦七を見た。

「話がちがうな。彦七、奉公だったら証文があるだろ。見せろ」

「いえ、まだつくっておりませんので」

「つくってないだと。だったら、まだこの娘を置くことはできんよな。本当は売り買いしようとしていたんじゃないのか」

「とんでもない」

「奉公が成立してないんじゃ、かどわかしとはいえんだろう。この娘がここでの奉公を望んでいるとも思えんし」

河上が重兵衛に向き直った。

「おい、あんたもここまで手荒な真似をする必要はなかったんじゃないのか」

「そうかもしれませぬが……」

「なんだ、いいたいことがあるのならきくぞ。はっきりいえ」

「穏便にことをすませようとした手前にこの者たちが襲いかかってきましたので、仕方なくこのような仕儀に」

「確かに十名ばかりの荒くれに襲われたら、この惨状も不思議はねえな。おい、彦七。自業自得じゃないのか」

「そんな」

「なんだ、おめえ、俺のいうことに不満でもあるのか」

「いえ、ございませんが」

「なら、この重兵衛とかいう男、娘ともども帰らせるがいいな」

「えっ」

河上がにらみつける。

「はあ、けっこうです」

彦七が頭を仕方なげに下げる。

「さっさと帰んな」

重兵衛は河上に会釈をしてから、川田屋の暖簾を払った。

てめえ、覚えてやがれ。歩み寄ってきた彦七が耳元にささやきかける。

「このままじゃあ、すまさねえからな」

重兵衛は冷たい一瞥《いちべつ》を返しただけで、なにもいわずに歩きはじめた。

村への道中、お律はずっと泣いていた。

十

昨日の今日だけにお律が来るか重兵衛は心配だったが、それは杞憂《きゆう》に終わった。天神机の前に座るお律は悲しそうな顔をしているが、そんなに顔色は悪くない。

手習が終わったあと、お律が重兵衛に寄ってきた。うしろのほうでお美代が見守るようにしている。

「気分はどうだ」

どう声をかければいいかわからず、重兵衛は当たり障りのない言葉を発した。

「悪くないわ」

お律はにっこりと笑った。その笑顔に嘘はなく、重兵衛は胸をなでおろした。

「元吉さんはどうしている。あのあと帰ってきたか」

「うん。もう畑に出てる」

「殴ったりして悪かったな」

ううん、とお律は首を振った。

「あれでおとっつぁん、目が覚めたみたい。殴ってもらってよかったのよ」

「でも、一度謝りに行かなきゃな」

「うちに来てくれるの」

「もちろんだ。それに、おりよさんにも礼をいわなくちゃ」

「おっかさんにお礼って、どうして」

重兵衛は理由を告げた。

「ああ、そうだったの。あのお役人に話が通じてたのね。だからあんなにうまく」

お律がまぶしげな目で見る。

「でもお師匠さん、すごく強かったね」

「相手が弱すぎたんだ」

「ねえ、痛くなかったの」

「あいつらには一発も殴られてないぞ」

「ううん、ちがうの。肩。あたし、爪を立てちゃったから」

「たいしたことはない、といいたいが、今も痛い」

重兵衛が大袈裟に顔をしかめると、お律が心配そうに眉を曇らせた。

「大丈夫なの」

「いや、嘘だ。なんでもないよ」

手習を終えてから重兵衛はお律と一緒に家へ向かった。

畑で元吉は働いていた。横におりよ。

一目見て、ああもう大丈夫だな、と重兵衛はさとった。

元吉は憑物《つきもの》が落ちたような晴れやかな顔をしていたのだ。昨日までとは明らかにちがう。

「ああ、重兵衛さん」

元吉が畦にあがってきた。うしろにおりよが続く。

重兵衛は殴ったことを謝罪した。

「いえ、どうか頭をあげてください。謝るのはこちらのほうです。なんで我が子を売ろうなんて考えたのか、さっぱりわからないんですよ。もし重兵衛さんが来てくれなかったら、と思うと、ぞっとします」

そうですよ、とばかりにおりよもうなずいている。

重兵衛は、元吉を少し離れた場所へ連れていった。ちらりと見ると、お律は明るい表情で母親と晩飯のことを話していた。

「借金はどうするのです」

小声で元吉にただした。

「もちろん返します」

「当ては」

いいえ、と力なく首を振った。

重兵衛は腰の脇差に目を落とした。

「それはいけません」

元吉があわてていう。

「あっしがつくった借金だ。そんな簡単に返せるのがわかっちまったら、また同じこと、しかねない」

「でも、一刻もはやく返してやつらと手を切らなきゃ」

「その通りなんですがね」

元吉はつらそうに顔を伏せた。

「あっしがあの娘にはまっちまったのも、今考えてみりゃ、はめられたのかもしれないいんですよ」

「どういうことです」

「前に重兵衛さん、ならず者にからまれたあっしを助けてくれたでしょう。きっとあのときから、はじまっていたんですよ」

元吉は低い声で語りはじめた。

一月ほど前のことだ。元吉は、前からやってきたやくざ者らしい男たちに道をきかれた。自分ではていねいに教えたつもりだったが、やくざ者たちは教え方が悪いと因縁をつけてきた。このときは重兵衛が助けて、なにごともなく終わった。

その後何日かして品川宿に青物の行商に行ったとき、また同じ連中にからまれた。あのときのことを蒸し返し、裏の路地に引っぱりこまれて何発か手ひどく殴られた。

そこを今度は宿場の者に助けられた。歳は自分と同じくらいで、喧嘩慣れしているとも思えない優男《やさおとこ》だったが、えらく強かった。ならず者たちは散々に殴られ、あっという間に散っていった。

あれだけ懲《こ》らしめてやったからもう二度と悪さはしないでしょう、とやさしくいわれ、元吉は心の底から安堵《あんど》した。

男に、手当したほうがいいですよ、といわれ、すぐそばの家に連れていかれた。

そこで元吉は傷を消毒してもらい、晒《さら》しを巻いてもらった。さらに男は青物すべてを買ってくれた。元吉は深く礼をして、その家を出た。

数日後、怪我もほとんど治った元吉がその家にあらためて礼に行ったとき、男はまた青物すべてを買ってくれた。

これで仕事も終わったんなら元吉さん、いかがです、と人なつこい笑顔で酒に誘ってきた。もともと元吉はきらいなほうではなく、断る理由などなかった。

これまで飲んだこともないよい酒で、元吉は勧められるままにぐびぐびと飲んだ。そうしているうち、いつしか酔い潰れていた。

ふと、鼻先をいいにおいがかすめたと思って目をあけたら、胸の上にお律とさほど変わらない歳の女の子がいた。

裸だった。驚いて起きようとしたが、女の子が押しとどめた。

妖《あや》しさを感じさせる瞳に元吉は目くらましをかけられたようになり、体から力が抜けた。

元吉は、女の子のなすがままにまかせた。

「あの娘は信じられないくらいきれいで、しかも……」

元吉は夢見るような表情になり、ごくりと唾をのんだ。

「元吉さん」

重兵衛がたしなめるようにいうと、あわてて首をうなずかせた。

「いや、もう大丈夫。本当です」

それにしても、と重兵衛はいった。

「すべて仕組まれていたのですね」

「あいつら、はなからお律に目をつけてたんですよ。品川宿に青物を売りに行ったとき、何度かお律を連れていったことがあったんで、そのときにきっと」

重兵衛はうなずいた。

「でも、五両は本当にどうするのです」

むずかしい顔になった元吉はなにも答えられないまま、うつむいた。

十一

左馬助は緊張で汗をかいている。

目の前で竹刀を構えているのは、とんでもない遣い手だった。

これまで、これだけの威圧感、圧迫感は師匠の堀井新蔵《ほりいしんぞう》以外に感じたことがない。

同じ麻布にある梅田道場の紹介でやってきた相手はまだ十七、八の若者だったが、紛れもなく天才だった。

なにもきかずに立ち合ってくれるよう梅田道場からはいってきていたが、なるほど、それもうなずける強さだ。

若者は、面のなかから瞬きのない目で左馬助を見ている。隙をうかがっているということではない。隙など見つけずとも、数合打ち合っただけで、自分の体勢など古ぼけた土塀より簡単に崩されるのは目に見えている。

若者は、左馬助の本当の腕がどの程度なのかはかっているにすぎない。それも用心の上に用心を重ねて。

完璧に見極め終えたか、若者が気合を発するや床板を蹴った。一瞬にして竹刀が眼前に迫っていた。

左馬助は顔をそらすと同時に竹刀を持ちあげた。間に合うかわからなかったが、腕に竹刀から伝わる強烈な衝撃が来て、なんとか受けられたのを知った。

しかしそれからは容赦のない攻撃にさらされ、受けるだけで精一杯となった。

必死にしのいだが、胴から逆胴、面、小手、胴とめまぐるしい攻勢についに耐えきれなくなり、逆胴を払い落とした瞬間、面をぴしりと打たれた。

いずれ敗れることはわかっていたから驚きはなかった。ただ、左馬助を呆然《ぼうぜん》とさせたのは、才のあまりのちがいだ。天の不公平さを思い知らされた気持ちになっている。

世の中にはこんなすごい男がいるのだ。しかも五つは下なのに。

これであと十年たったらどんな剣士になっているのだろう。その成長を見守ってみたい気持ちに、左馬助は悔しさを通り越してさせられている。

「よし、左馬助、引け」

新蔵にいわれ、左馬助は我に返った。

「どれ、松山どのといわれたな。わしとやってみるか」

新蔵にいわれ、松山と呼ばれた若侍は瞳を輝かせた。新蔵が道場の隅から竹刀を取ってきた。

左馬助が審判役をつとめることになった。

二人は戦いはじめた。

といっても、長いこと動かずひたすら対峙していた。こんな師匠を左馬助ははじめて見た。

しかし、それで戦っていないということではなかった。お互い、かんなで削るように神経をすり減らしているのが手に取るようにわかった。実際には振られていない竹刀を、二人は打ち合い、かわし合っているのだ。

やがて二人の緊張が最高潮に達したと思える頃、松山のほうがすすと前に出た。一呼吸おくれて新蔵も足を進めた。

松山が逆胴を狙ったのがわかった。新蔵も同じだった。

びしりと鋭い音が道場に響き渡った。

左馬助は一本を宣した。はっきりとは見えなかったが、はやさでまさった新蔵の竹刀が松山の胴を打ち抜いたのは理解している。これまで新蔵と稽古を繰り返してきた心の目が見させたのだ。

松山ががくりと右膝をついた。面のなかの顔が無念さでゆがんでいる。

新蔵が歩み寄り、声をかけた。

「よし、松山どの、もうよかろう」

はい、と立ちあがった松山は新蔵に頭を下げてうしろに下がり、正座をした。面を取ったその顔からは先ほどの無念さは消え、充足感とでもいうべき感情があらわれていた。

「松山どの、喉《のど》が渇いただろう。お茶でもいかがかな」

新蔵が奥にいざなう。

「左馬助も来い」

左馬助は門人たちに、稽古を再開するようにいってから、松山と肩を並べるようにして新蔵のあとをついていった。

奥の間に三人は腰をおろした。

あぐらをかいた新蔵が膝を崩すようにいったが、松山は固辞した。

「松山輔之進どのといったが」

新蔵がたずねる。

「歳はおいくつかな」

「十七です」

「剣を習いはじめたのは」

「道場に通いはじめたのは十一のときですが、はじめて竹刀を握ったのは五歳のときです。兄が手ほどきしてくれました」

「たった十二年でこれか」

新蔵があきれたように首を振る。

「左馬助、天才というのは本当におるものだな」

「まったくです」

「兄上も遣い手かな」

表情に少し沈んだ色が見えた。

「いえ、さほどでも」

「今は家を継いでおられるのか」

「いえ、亡くなりました。半年ばかり前のことです」

失礼します。襖の向こうで左馬助の妻の声がした。新蔵が応じると襖がひらき、奈緒《なお》が顔を見せた。

「お茶をお持ちいたしました」

入ってきた妻を見て、松山がわずかに目を見ひらいた。

それを見て左馬助はいい気分になった。剣でかなわなかった憂さ晴らしにすぎないが、それでも妻が美しいのはいいことだ。

「娘の奈緒です。そうは申しても、もう人の妻ですが」

新蔵がいうと、松山がえっという顔をした。

「では」

「そう、この男がそれがしの婿《むこ》ですよ」

新蔵がうれしそうにいう。

「以前はれっきとした主家持ちでしたが、その身分を捨ててこの貧乏道場にやってきてくれました」

「ああ、そうなのですか。以前はどちらに」

左馬助は答えた。

「三河刈屋《みかわかりや》ですか。土井《どい》家ですね。それがしと同じ譜代ですね」

譜代ときいただけで、左馬助のなかにそれまで感じなかった親近感がわいてきた。いまだにあるじ持ちだったときの血が抜けきっていないのを左馬助はさとった。

「松山どのはどちらです」

「信州高島です」

左馬助はどきりとした。

「では、諏訪家ですね。江戸へ来られたのはおつとめですか」

できるだけ冷静な顔と口調を心がける。

「いえ、兄の仇を捜しにまいりました」

松山はなんでもないことを口にするようにさらりといった。

左馬助は胸の奥が痛くなった。もしや、重兵衛が高島から逃げてきたのはこれが理由なのではないか。

「では、半年前に亡くなられた兄上は殺害されたのですか」

「その通りです」

重兵衛が江戸にやってきたのは四月半ばときいている。時期としても符合している。

「仇が江戸にいるのは、わかっているのですか」

松山がそのあたりの事情を説明した。

「そうですか。御箪笥町で仇らしい男を見た者が……」

松山が懐から一枚の紙を取りだした。

「見ていただけますか」

差しだされたのは人相書。描かれているのは、紛れもなく重兵衛だった。

「この男が仇ですか」

左馬助は人相書にじっと目を落としたまま、きいた。新蔵や奈緒に、驚きを顔にださないよう目配せしたかったが、そんな些細な仕草でも目の前に座る遣い手はさとるにちがいない。

重兵衛は一度だけだが、道場に来たことがある。左馬助と奈緒の祝言《しゅうげん》のときだ。だから、二人は重兵衛の顔も、左馬助と親友であることも知っている。

その左馬助の思いを察してくれたようで、二人とも平静な表情を崩さずにいる。

「はい、興津重兵衛といいます」

あいつは興津という姓だったのか、と左馬助は思った。

松山は、この男に心当たりがないか、きいてきた。

なんと答えようか、左馬助は迷った。嘘は苦手な性分で、偽りを述べればそれが顔に出そうな気がした。

「この興津という男は、どういう経緯《いきさつ》で松山どのの兄上を殺害したのです」

なぜそんなことに興味を、という顔をしたが、松山は語った。

「そうですか。見つかりそうですか」

左馬助は話題を変えるようにいった。

「いえ、いまだなにも手がかりはつかめていません」

「なにゆえ道場めぐりを」

「興津重兵衛は剣の達人なのです。もし生計の道を得るとしたら、剣しかない、と思いまして」

「なるほど。十分に考えられますね」

左馬助どの、と松山が凄《すご》みをきかせた声を発した。

「本当に興津重兵衛のことは知らぬのですか」

「この興津という名を耳にしたのは、今日がはじめてです」

嘘ではない。

「ふむ、そうですか」

「おまえさま」

奈緒が声をかけてきた。

「佐藤《さとう》さんのほうはまだ支度をしなくてよろしいのですか」

「おう、そうだぞ、左馬助。祝いの席は七つからではないか」

新蔵が言葉を添える。

「佐藤喜三郎《きさぶろう》と申してな、左馬助がこの道場で修行をはじめたときからの友垣なのです」

とうに剣からは身を引いているが、この前跡取りが生まれ、その祝いの席に左馬助は招《よ》ばれているのですよ、と新蔵はいった。

左馬助が喜三郎に招かれているのは事実だが、宴のはじまりは六つだ。

今はまだ八つ半をようやくすぎたくらいだろう。

第二章

一

うしろを振り返る。背後を誰かが追ってきている。

姿を見ることはないが、ときおり猛烈な殺気を背中に感じる。

しくじったか、と思う。今日は内藤新宿《ないとうしんじゅく》に泊まり、明日の朝一番に訪ねるべきではなかったか。

だが、何者かの目を感じるようになったのはほんの先ほどのことだ。それまではなんら異変を覚えることはなかった。

足早に歩きながら、懐をぎゅっと押さえた。これをどうしても届けなければならない。

また殺気が発せられた。喉の奥のほうがきゅんとする。

再びうしろを振り返る。濃厚な闇が泥のように横たわっているだけで、なにも目にすることはできない。

今、自分はどのあたりにいるのか。道を教えてもらった男の言が正しければ、左手に南北に長く連なっている塀は、美濃郡上《みのぐじょう》で四万八千石を領する青山《あおやま》家の下屋敷だ。男によればこの下屋敷は七万五千坪を超える敷地らしいが、確かにその広大さは塀越しでも十分に理解できた。

右手には田が広がっている。田は半町ほどの幅しかなく、その向こうには小さな屋敷がかたまっている。おそらく小禄の旗本か御家人の組屋敷だろう。

両側がそんな寂しい場所のせいもあるのか、さっきまで提灯を手に行きかう者があった道からは人けがぱたりと絶えている。

ここに追いこむのが狙いだったのか、と気づいた。

つまり、背後にいる何者かは、すでにいつ襲うか、間をはかっているにすぎないということなのか。

手練《てだれ》であるのはまずまちがいない。とてもではないが、自分では相手にならない。

なぜ追われているのか。考えるまでもない。江戸に向かったのがばれたのだ。

なぜばれたのか。まさか。最悪の思いが脳裏をよぎってゆく。

ここはどうしてもまかなければならない。この闇がきっと姿を隠してくれるにちがいない。

早足で歩いていたのが、自分でも気がつかないうちに走りだしていた。

左手の塀は延々と続いている。

半町ほど行ったとき、背後にはっきりと気配を感じた。近い。もう十間もないのではないか。

刀の鯉口を切ろうとして、うまくいかなかった。まだ柄袋《つかぶくろ》をしたままだ。舌打ちをする。

獣のように何者かが近づいてきた。振り返ろうとして、不意に気配が消えた。

ほんの一間ほどうしろまで迫っていたはずなのに、わけがわからなかった。

立ちどまり、しばらくあたりを注意深く見渡していた。

東のほうに月がわずかに顔をのぞかせている。厚い雲の隙間を狙って顔をだした形で、あと一、二度風が吹けば、また隠れてしまいそうだ。

首をひねる。これまで感じていた気配は勘ちがいだったのだろうか。追われているという意識がつくりだした幻想にすぎなかったのか。

ため息をつき、再び歩きはじめた。

ぎょっとして足をとめた。

目の前に黒い影。二本差の侍が淡い月明かりに照らされて、かたく腕組みをして立っている。

「誰だ」

情けないことに声が震えた。

月が雲に隠れたらしく、あたりには闇の幕が引かれた。男の顔をしっかりと見ることはできなかったが、これまで一度も会ったことのない者であるのは確かだった。

「わかってるんだろ」

暗く冷たい口調だ。

「おぬしの命をもらいに来た者さ。もらいたいのは命だけじゃないが」

そうはっきり告げられて、背筋に寒けが走った。

「いつ前に」

「塀の上を走り抜けたのさ。あのとき殺ろうと思えば殺れたが」

返す言葉がなかった。それでも、刀に手を置き、鯉口を切った。

「ほう、やる気なのか」

男はいかにも楽しそうにいった。

「おぬしじゃ無理だぞ」

「勝負はやってみなければわからぬ」

「おぬしと俺とではそうはいかぬ。やる前に見えている」

見おろされているのが悔しかった。刀を抜くや、上段から斬りかかった。

だが、目の前から男がいなくなり、刀はむなしく空を切った。

「ここだよ」

耳元で声がした。

振り向こうとした途端、首に衝撃を感じた。頭のなかを一条の光が走り、それを最後に意識は闇の奥底に突き落とされた。


目が覚めたとき、男は目の前にいた。

あれが夢でなかったことがわかり、唇を噛み締めた。手足にがっちりと縛《いまし》めをされて、道から半丈ほど下がった畦の上に横たえられていた。祝いごとでもあるのか、どこからかにぎやかな笑い声や歌声が聞こえてくるのが、いかにも場ちがいな感じがする。

闇のなか、男は冷ややかな笑みを浮かべている。

「心細そうな顔だな。おぬし、歳はいくつだ」

歯を食いしばった。

「答える気はないか。しかしこの世におさらばするにははやすぎる歳であるのは、はっきりしておるよな」

男が一歩踏みだしてきた。

「ほかに高島を出てきた者はおらぬか」

はっとして懐を探ろうとしたが、腕は動かない。

「ああ、もういただいたよ。それよりも質問に答えろ」

男が厳しい声でいう。しばらく待ってから、口をひらいた。

「おらぬみたいだな」

このことが知りたくて、一思いに殺さなかったようだ。

「いるさ。俺と同時に何人も国を出た。もう着いているはずだ」

「嘘だな。この期《ご》に及んで本当のことをいうはずがない。ああ、それからおぬしに命じた男だが」

闇に息を吐きかけるようにいった。

「もうとうにあの世に逝《い》っておる。おぬしが高島を発った翌日だ。向こうで会えるさ。だからおぬしも寂しくはなかろう」

朝日が青山屋敷の塀を越えて、斜めに射しこんでくる。

二

「ひでえな」

河上惣三郎はかがみこみ、畦の上の死骸を見つめた。

縛めをされて横たわっているのは、まだ二十歳にも達していないのでは、と思える侍である。胸を一突きにされており、そこから流れ出たおびただしい血が着物を汚している。

この胸の傷が若い命を奪ったようで、ほかにそれらしい傷は見当たらない。

「旅姿ですね。ここからですと、甲州《こうしゅう》道中からやってきたんですかね」

善吉が北側に目を向ける。

「それが最も考えやすいな。もちろん、東海道というのも捨てきれんが」

惣三郎は善吉と同じ方向を見つめた。

山《やま》の手六阿弥陀《てろくあみだ》の五番である梅窓院《ばいそういん》の深い木々が見える。

「これから甲州道中に赴《おもむ》こうとしていたということも考えられますね」

「そりゃねえな」

「どうしてです」

「着物が旅塵にまみれてる。これから旅立とうという者がこんなになるわけがねえ」

やがて、医師の道俊《どうしゅん》が小者を連れてやってきた。

「ご苦労さまです」

河上は深く辞儀をした。

「こちらです」

仏に向かって手を合わせてから、道俊はかがみこんだ。しばらく体を傾けるなどして死骸をじっくりとあらためていたが、ふむと一つうなるように息を吐くと、すっと立ちあがった。

「血のかたまり具合からして、殺されたのは昨夜《ゆうべ》の五つから八つくらいのあいだではないでしょうか」

死因は胸の傷。

「どうやら、逆手に持った刀を下へ一気に、という殺し方のようです。心の臓をあやまたず貫いています。かなり慣れた者の感じがしますな」

道俊はなにかききたいことはないか、といいたげな顔をしている。別になく、河上はご苦労さまでした、とまた頭を下げた。ではこれで、と道俊は去っていった。

河上は死骸の懐を探った。侍は身許を示す物はなに一つ持っていない。手形もない。

「おい、おまえ、ちょっと来い」

河上は青物が入った籠《かご》を背負っている百姓を呼び寄せた。このややしわ深い男が仏を見つけたのだ。

「見つけたのは六つすぎといったが、まちがいないな」

「はい」

「そのとき誰か怪しい者はいなかったか」

「いえ、気がつきませんでしたが」

それはそうだろう。深夜に殺しておいて、朝方まで下手人が居残っているはずもない。ほかになにかきくべきことはないか河上が考えていると、ふと誰かに見られているような感覚に襲われた。

そちらに目を向ける。

頭上の道には、かなりの野次馬が集まってきている。興味津々《しんしん》といった目を向けてきている者、なにごとがあったのか仲間うちで話しこんでいる者などが目立つ。

そのなかで、道脇の柳の陰に立って、じっと見つめている若い女がいた。ややはれぼったいまぶたをしているが、なかなかきれいな顔立ちだ。

野次馬のなかで、その女だけが一人浮いたような真剣な瞳をしている。

なにかいいたいことでもあるように感じ、惣三郎は足を踏みだしかけた。

途端に女ははっとした顔をし、あわてたように体をひるがえした。そのまま道を駆けてゆく。あっという間にその背中は見えなくなった。

「誰です。知り合いですか」

「いや、見たことのない顔だ」

そうはいいつつも、本当に一度も会ったことがないか、惣三郎は考えた。

「このあたりの住人ですかね」

「かもしれん。なにか見たのかな」

「連れてきましょうか」

「ああ、頼む」

道にあがった善吉は女を追って駆けだしていった。

善吉の姿が見えなくなると同時に、先輩同心の竹内《たけうち》が姿を見せた。いつものように中間と配下の岡っ引を連れている。

「まったくおそいんだよ」

惣三郎は口のなかで毒づいた。

竹内が畦におりてきた。

「惣三郎、なにかいったか」

「いえ、なにも」

疑わしげな瞳をしたが、竹内はすぐに死骸に気づき、ひざまずいた。惣三郎がしたように手を合わせ、目を閉じる。

目を見ひらく。

「若いな。しかも旅姿か」

つぶやくようにいって、惣三郎を見あげた。

「医師は呼んだのか」

惣三郎は道俊の言葉を伝えた。

「そうか」

竹内は立ちあがった。

「その百姓は」

惣三郎は教えた。

「収穫は」

「いえ」

「だろうな。惣三郎、まずはこの侍の身許が知れねえことには話にならねえな」

「内藤新宿まで行ってみるつもりです」

竹内はうなずいた。

「それがよかろうな。深夜殺されたということは、内藤新宿には泊まらなかったんだろうが、あの宿場で飯くらい食ってるかもしれねえからな。言葉をかわした者を是非捜しだしてくれ。それで、この侍がどこへ行こうとしていたかもわかるだろう」

やがて善吉が戻ってきた。一人だ。

「どうした」

「すみません、旦那、見失っちまいました」

顔を紅潮させた善吉が頭をぺこりと下げた。

三

「殺ったようだな」

内膳は、目の前に正座をしている侍に声をかけた。

「はい。仕留めました」

もう半日近くたつのに人を殺した興奮はいまだに冷めていないようで、瞳のぎらつきもあらわに侍は答えた。

「斉藤《さいとう》も殺したのだな」

「はい」

「俊次郎《しゅんじろう》は所持していたか」

はい。侍は一通の封書を手渡した。

内膳はひらき、読んだ。

「やはり斉藤はわかっておったか……恒之助《こうのすけ》」

「はっ」

「今日はゆっくりと体を休めるがよい。ご苦労だった。明日からまた頼む」

内膳のねぎらいの言葉に、恒之助は深く平伏した。

遠藤《えんどう》恒之助は自分の部屋に戻った。

ずっと雨戸で締め切られていたためによどんだような臭いがする。

雨戸をあける。湿っぽさが逃げてゆき、晩秋の冷涼な風が入ってきた。

長屋の窓から見える木挽町界隈の風景はいつもと同じだ。かすかに潮の香りがする。江戸に戻ってきたという実感が身を包む。

天気はいい。窓から見える木々もやわらかな陽射しを受けて、気持ちよさそうだ。落葉樹は、もうほとんどの木が葉の色を変えている。

子供たちの遊び声がする。手習がはやく終わったのか。木挽町には二つの手習所があるが、一つは年老いた浪人者が師匠で、あまり長いこと教えていられない。そのために早仕舞が多い。もう一軒はおなごが師匠で、こちらは男の子は教えていない。

恒之助は横たわった。旅の疲れなどないが、横になるほうがやはり体は楽だ。

半年ぶりか、と天井を見つめて思った。高島には結局、半年もいたのだ。

起きあがった。刀架《とうか》の刀を手に取り、すらりと抜き放つ。

昨夜おそく戻ってきたとき手入れはすませ、すでに血も脂も拭い去ってあるが、もう一度はじめた。

念には念を入れておいたほうがいい。次はこれまでとは相手がちがうのだ。

興津重兵衛。

家老からは、待て、がかけられている。

もし興津を殺る機会がやってきたら、一撃で殺す。恒之助は興津の真剣での立ち合いを目の当たりにしたことがあるが、予期していた以上の遣い手だ。

あれほどの手練に自分の剣が通ずるものか、是非とも試してみたい。

ただ一つ不満なのは、あのとき興津が自分の存在に気がつかなかったということだ。

四

「邪魔したな」

河上惣三郎は暖簾を払って外に出た。頬をすぼめて息を吐きだし、今出てきたばかりの一膳飯屋を見あげた。

惣三郎は善吉を連れて、内藤新宿を主にききこみを続けている。

内藤新宿と一口にいっても広く、飯屋や旅籠などをくまなく当たっているのだが、あの若侍と言葉をかわした者どころか、目にした者すら見つけられない。

ときおり吹く風が冷たい。空腹がこたえてきた。

「善吉、今何刻《なんどき》だ」

「もう昼はとっくにまわっています」

「なにが食いたい」

「なんでもいいんですか」

「寿司はよせ。高い」

先手を打っていうと、善吉がこれ見よがしに舌打ちをした。

「いやみな野郎だな」

「だってあっしが寿司、大好きなの、旦那もご存じでしょう」

「際限なく食い続けるのが駄目なんだ。こちとらの懐具合も考えろ」

「じゃあ、旦那の食べたいものでいいですよ、もう」

「なんだ、投げやりだな」

「寿司が食べられないんだったら、なにを腹に入れても同じですから」

「……そうさな、俺は蕎麦切《そばき》りがいいな」

「またですか」

善吉があきれて見る。

「昨日も食べたじゃないですか」

「いいじゃねえか。うめえし、安いし。蕎麦は寒さに強いから、飢饉《ききん》のときでも育つんだぞ。善吉、そんな作物をなんていうか知ってるか」

「いえ、存じません」

「救荒《きゅうこう》作物っていうんだよ。覚えておきな。とにかく蕎麦は、申し分のねえ食いもんってことだ」

「はいはい、わかりましたよ」

善吉がまわりを見渡す。

「いい店、ご存じなんですか」

「いや、このあたりはそんなに詳しくねえんだ。善吉、その辺を歩いてるやつにいい店、知らねえかきいてこい」

善吉が宿場の者とおぼしき男と話をはじめた。ありがとうよ、と戻ってきた。

「うまい店があるらしいですよ」

善吉の口調は明るい。

「なんでも、信州からやってきた親父がひらいてる店らしいですけど」

「ほう、そりゃ楽しみじゃねえか」

店は時の鐘で知られる天龍寺《てんりゅうじ》の参道入口のそばにあり、名を木曽六《きそろく》といった。

店自体はそんなに広くはないが、かなりの老舗《しにせ》のようで、柱はどれも黒光りしている。

「ほう、いい店じゃねえか」

惣三郎はなかを見渡して、いった。けっこう混んでいる。町の者だけでなく、旅人の姿も目につく。

座敷にあがりこみ、茶を持ってきた小女《こおんな》に盛りを二枚ずつ頼んだ。

さほど待つことなく蕎麦切りはやってきて、二人はさっそくすすりはじめた。

「いうだけあって、うめえじゃねえか」

惣三郎は善吉にいった。

「つゆがよそより濃いのがいいな」

「それに、だしをよく取ってあるみたいですね。いい味、だしてますよ」

「ほう、一人前なことというじゃねえか。だいぶわかるようになってきたみてえだな。俺についてまわった甲斐《かい》があったというこったな」

惣三郎は首をかしげ、思案顔になった。

「でも、なんでこんなうまい店、これまで知らなかったのかな」

「まあ、いいじゃないですか。これから繁く足を運べるってことですから。楽しみが一つ、できたってことですよ」

「おめえにしちゃ、上出来な言葉だ」

二人は満足して、箸を置いた。代を払おうとして、惣三郎は小女にきいた。

「この店はいつからはじめたんだ」

「つい最近です。半月ほど前でしょうか」

「えっ、そんなに新しいのか」

　惣三郎は店内をあらためて見た。

「古い店を改装して蕎麦屋にしたんだな。前はなんだったんだ」

「煮売り酒屋だったそうです。あるじが老齢で店をたたむってことで、うちの旦那が買い取って移ってきたんですよ」

　いわれてみれば、前は曳田屋《ひきたや》とかいう一膳飯屋をかねた店だった。

　暖簾を払おうとして、惣三郎は足をとめた。

「ああ、そうだ、おまえさん、こんな若侍を知らないか」

　惣三郎は死骸の顔の特徴、身なりを詳しく語った。

「旅姿の若いお侍ですか。けっこういらっしゃいますからねえ」

「まあ、そうだろうな。わかった。ありがとう、うまかったよ。また寄せてもらう」

　あるじらしい男が奥から出てきた。町方役人に対する挨拶かと思ったが、そうではなかった。

「あの、お役人」

　鬢には白髪がだいぶまじっているし、朝剃ったはずだが、すでにぽつりぽつりと伸びはじめているひげも白い。ねじり鉢巻の仕方には年季が入っていて、いかにも腕がよさそうな雰囲気を身にまとっている。

「なんだ」

「今いわれた様子のお侍、昨日、店にいらっしゃいましたよ」

「なに。いつのことだ」

「昨夜です。六つ半前くらいだったでしょうか、この娘はもう帰らせておりまして、手前一人で店をやっていたんですが」

客足も途絶えてきて、店をしまおうとしていたところに一人、入ってきたという。まだ大丈夫ですか、ときいてきたとのことだ。

「よほど空腹だったみたいで、盛りを二つ頼まれ、それからさらにもう二つ」

満腹になって人心地がついたようで、茶をすすりながら店の由来をたずねてきたそうだ。

「木曽の出身で名が六左衛門《ろくざえもん》だからこの名をつけました、と手前は答えました」

それをきいて若侍は目を輝かせたという。

「そして、そうか、親父さんも信州の出だったのか、と申されました。どうやら店の名に惹かれて入ってらしたようです」

「親父さんも、と侍はまちがいなくいったんだな。ききちがいじゃねえだろうな」

「もちろんでございます。それで手前も、お侍も信州からいらしたんですか、とききました。お侍は、そうです、とお答えに」

「どこの出身だと」

「そこまではおっしゃいませんでした」

「どこに行こうとしているか、口にしなかったか」

「白金村への道筋をおたずねに」

「白金村」

ぽつりとつぶやいたのは善吉だった。

「村までの道を教えたんだな」

惣三郎はあるじにいった。

「どういう道順を教えた。青山屋敷の西側を通ることを伝えたか」

「申しました。梅窓院の先の道を曲がるよう、ご説明しましたから」

どうやら、と惣三郎は思った。ここで蕎麦切りを食ったのは殺された若侍でまちがいなさそうだ。

「蕎麦切りを食い終えたあと、侍はのんびりしていたのか」

「ええ、道を急いでいる風情は感じましたが、それほど切羽《せっぱ》つまったという雰囲気はありませんでした」

あるじがうかがうように惣三郎を見る。

「あのお侍、どうかされたんですか」

「殺されたんだ」

惣三郎は間を置くことなく答えた。

「ええっ、いつのことです」

惣三郎は教えた。

「では、あれから間もなく……」

「そういうこった」

「そうですか。ていねいな話し方をされる、とても感じのよいお方でしたのに……」

「もう一度きくが、侍に、切迫したような感じはなかったんだな」

「はい、ございませんでした」

ということは、そのとき侍には命を狙われているという意識はなかったということだ。

「その若侍が店をあとにしたのは何刻だ」

「こちらには四半刻ほどいらっしゃいましたでしょうか、ですのでまだ五つにはなっていなかったと思います」

惣三郎は頭に絵図を浮かべた。旅慣れた者なら、殺されたあの場まで四半刻程度で行くだろう。

「店を出た若侍を見送ったか」

「はい、ついでに暖簾をしまおうと思いまして」

「そのとき怪しい者が侍をつけていかなかったか」

「さあ、気がつきませんでしたが」

そうか、と惣三郎はいった。

「長いことすまなかったな。あるじ、すまなついでに」

青山久保町《くぼちょう》の自身番まで来てもらえねえか、といった。

「遺骸が昨夜の若侍か、確かめてもらいてえんだ」

依頼の形を取ってはいるが、実際には強要だ。こういわれて拒める者などまずいない。

「はい、もちろん行かせていただきます」

あるじはそそくさと前掛けを取った。

惣三郎は善吉と一緒に道を歩きはじめた。蕎麦屋のあるじがうしろをついてくる。

「見ろ、善吉。やっぱり蕎麦切りを選んだのは正しかっただろ。俺はやっぱり、そういう勘が働くんだよな」

「でも、旦那。あの若侍は白金村に向かってたんですねえ。白金村っていったら……」

「そうなんだよな」

惣三郎の脳裏には、死んだ若侍の顔が戻ってきている。

あの顔は重兵衛に似てはいないか。それに、あるじへの丁重なものいい。重兵衛に通ずるものがあるような気がする。

むろん、白金村には、大名家や大身の旗本の下屋敷や抱屋敷が多くある。侍がそのうちのどれかに向かおうとしていたと考えるのは不自然ではない。

だが、と思う。やはり頭に浮かんでしまうのは重兵衛のことだった。

あの男の主家はおそらく高島諏訪家だろう。道としては甲州道中で合っている。

殺された侍は、やはり重兵衛のもとに行こうとしていたのではないか。

惣三郎の胸にはいやな予感がきざしている。まさかあの若侍は重兵衛の血縁ではないのか。それもかなり近い。

五

手習のときさりげなく瞳を向けてみるが、お律の顔は子供らしい明るい輝きを放っている。お美代にも話をきいたが、以前のお律に戻っているという。

だろう。

元吉も、村人たちから話をきいた限りでは昔からのまじめな百姓としての暮らしを取り戻しているとのことだ。目が覚めたという言葉に嘘はなく、きっともう本当に大丈夫なのだろう。

五両の借金のほうも、元吉の窮状を伝えきいた名主の勝蔵《かつぞう》や田左衛門が金をだしてくれた。五両を川田屋に返す役目は重兵衛が頼まれかけたが、勝蔵が結局、屈強の村の若者を連れて払いに行った。

これで元吉と川田屋の縁は切れ、お律も一安心というところだが、あの彦七というのは蛇のような執念深さがありそうで、なにか仕掛けてきそうな気がしないでもない。気をゆるめることはできない。

午後の手習が終わり、一人になった重兵衛は書見をしながら、茶を喫した。

遠く、野焼きをしているのか煙がいくつかあがっている。そのせいでもないだろうが、大気はややかすんでいる感じがした。

「おい、重兵衛、いるか」

表から左馬助の声がした。重兵衛が立ちあがると、枝折戸《しおりど》を入ってきた。

真剣な顔をしており、目が血走っている。

「もっとはやく来たかったんだが」

左馬助の血相の変わりように押されたように、重兵衛は奥の座敷にあげた。

「茶を飲むか、といえるような雰囲気じゃないな」

「当たり前だ」

「どうした、なにかあったのか」

「あったどころじゃないぞ」

左馬助は重兵衛に顔を近づけ、昨日、道場であったことを告げた。

重兵衛はさすがに眉をひそめた。

「本当にその男は、松山輔之進と名乗ったのだな」

「ああ」

左馬助は重兵衛を見つめた。

「本当におぬし、松山の兄を殺したのか」

「ああ」

「そのときの状況を詳しくきいたが、おぬしには殺す気はなかったのだよな」

「むろん」

「富くじの不正というのはなんだ。国家老がその首謀者だという話だったが」

「それは、輔之進どのからきいたのか」

「そうだ。どういうことか話してくれるか」

重兵衛は、左馬助には知っておいてもらいたかった。

「よかろう」

主家が、高島の霧島屋《きりしまや》という商家に命じて富くじを主催させるということがあった。一等は千両で、城下でおよそ三千二百両の売上があった。

そのうちの千三百両が賞金にまわされ、雑費を引いた千百両ほどが家中に納入された。

霧島屋もかなり儲かったが、この商家に主催させた国家老は口銭としておよそ二百両を受け取った。もっとも、これ自体は慣例にすぎず、問題は一等の獲得者だった。

国家老と昵懇《じっこん》にしている、宮原屋《みやはらや》という商家の者だったのだ。戦国までさかのぼれば主従という間柄で、江戸に幕府がひらかれてから二百年以上たつ今でも、両家は親しいつき合いを続けていた。

家中の者が富くじを購入することはかたく禁じられていた。知り合いの町人にこっそりと買ってもらうくらいは黙認されていたが、さすがに懇意にしている者が一等に当たるなどということは、これまで一度たりともなかった。

おかしい、との声が町人のあいだで流れはじめ、その声は抑えきれないほどに一気にふくれあがった。

そうなっては放っておくわけにもいかず、目付衆の手が入った。

国家老は関与を否定した。富くじなど頼んだこともない、と。

しかし富くじを主催した霧島屋、そして一等が当たった宮原屋の両者は、国家老から依頼されて行ったなれ合いでしかなかったことを白状した。

それでも国家老は関与を頑強に否定し続けたが、宮原屋の主人の、運びこみましたという証言通り、屋敷の奥座敷から千両箱が出てきた。その千両箱には福の刻印が入り、それが紛れもなく富くじの一等であることを示していた。

罠だ、と国家老は叫んだ。しかし、いったい誰が罠にかける必要がある、との問いには答えられず、その叫びは黙殺された。

一人、おかしい、と感じていたのが重兵衛だった。

確かに、国家老は金にきれいとはいえなかったが、お家の財政の厳しさに危機感を抱いていたのはまちがいないし、謝礼の二百両は、幕府でいう小石川《こいしかわ》療養所のようなところに全額寄付しているのだ。

美談を隠《かく》れ蓑《みの》に千両を懐に入れたのさ、と同僚にはいわれたが、重兵衛は納得できなかった。国家老がそこまでの策を弄する男とはとても思えなかった。

国家老は江戸表にいる主君の沙汰が出るまで、屋敷に蟄居《ちっきょ》ということになった。

重兵衛は国家老に会いたかったが、蟄居となると、昼夜を問わず人の出入りは禁じられるため、いくら目付といえども、いや目付だからこそ、その決まりは守らなければならなかった。

「おぬし、目付だったのか」

左馬助が目を丸くして、いった。

「ああ、おぬしと同じな」

うなずいた重兵衛は再び話しはじめた。

国家老の「罠」との言葉に引っかかりを覚えた重兵衛は一人探索をはじめた。

罠だとしたら、国家老を破滅に追いこむことで得をする者がいるはず。

だが、別に不審な点は出てこなかった。

しかも、二つの商家のあるじは二人とも牢《ろう》に入れられた。国家老に強要されたということで死罪はまぬがれたものの、家産を没収されている。当然、店は潰れた。

これはかなり厳しい仕置で、もし誰かに国家老をおとしいれるのを依頼されたとしたら、ここまでされる前に必ず本当のことをいうはずだった。

重兵衛の疑念は晴れかけたが、しかし一月後、国家老と昵懇にしていた宮原屋の主人が牢死し、その二日後家人たちが心中した。奉公人は四散して、いずれも行方知れずになった。

もう一人、富くじを主催したほうの霧島屋のあるじはその半月後、牢をだされた。こちらは城下の別の場所に新たな店を構え、屋号を新前屋《しんまえや》と変えて再び商売をはじめた。

店は新築したわけではなく、もとからそこにあった空き家を買い取ったのだが、家産を没収されたのにそれだけの金がいったいどこから出てきたのか。

重兵衛は、その商家の周辺をまず調べはじめた。

別段、謀略と結びつくような怪しい影は見当たらず、店を再開できたのもどうやら、親類たちの援助が大きいことがわかった。

疑念は少しは薄くなったものの、完全に晴れたわけではなく、ここはやはり国家老に会わなければ、と重兵衛は思った。詳しい話をじかにきかなければならない。

だが、どうすれば会えるか。

忍びこむしか手はなさそうだ。

長く居座っていた冬がようやく去り、季節のめぐりがおそい高島もようやく春らしくなってきた四月九日の深夜、重兵衛はひそかに屋敷を出、国家老の屋敷に向かった。

そこまで話してきて、ふと重兵衛の脳裏をかすめたものがあった。

「なんだ、どうした」

左馬助がいぶかしげに見る。

「いや、ちょっと気になることを思いだしたのだ」

「なんだ。話せ。きくぞ」

重兵衛が国家老の屋敷に歩を進めているとき、途中こちらに向かって歩いてくる僧侶と出会ったのだ。春とはいえ深夜のことで、大気は冷たく、そのせいか僧侶は深く頭巾をしていた。

重兵衛は、こんな刻限にと思ったが、どこか酒の席に招かれていたのか、と会釈をして通りすぎようとした。ただ、僧侶も自分と同じく提灯を持っていないのが不審といえば不審だった。

向こうも軽く顎を引く仕草をしたが、その瞬間、血の臭いを嗅いだと思った重兵衛は声をかけた。

「御坊、お怪我でも」

僧侶は答えず、いきなり袈裟のなかに隠し持っていた刀で斬りつけてきた。

鋭い刃筋だったが、重兵衛は避け、抜刀した。目の前にいる男は、ただ僧体《そうたい》をしているにすぎないのを知った。

重兵衛は刀を振るい、男の左腕に傷を負わせた。それだけで男の動きが一気に鈍くなり、重兵衛はとらえられると踏んだ。

男はそれからときを稼ぐように重兵衛の斬撃をただ払うだけに終始していたが、さすがに疲れきり、激しい息づかいが重兵衛の耳にも届きはじめた。

重兵衛がとどめとばかりに峰を返した刀を振りあげたそのとき、背後から殺気が殺到した。

重兵衛はすぐさま応じたが、間近に三つの影が近づいていたことには驚きを隠せなかった。

いずれも忍び頭巾のようなものをかぶり、柿色と思える装束《しょうぞく》を身につけていた。

三人とも腕利きで、身ごなしからして本当に忍びでは、とすら思えた。

この三名にさえぎられて、僧体の男とのあいだには距離ができた。僧体の男は三人の男に守られるように走りはじめた。

重兵衛は必死に追ったが、男たちの足のはやさに加え、圧倒的な闇の深さが立ちはだかった。

男たちは夜の底へもぐりこむかのように消えていった。

何者だ。重兵衛はしばらく男たちが逃げ去った方向をにらみつけていたが、ふうと息を一つ入れると、きびすを返した。

気を取り直し、国家老の屋敷を再び目指しはじめた。

「その僧が何者なのか、今に至ってもわかっておらぬのだな」

左馬助がきく。

「ああ」

「なにゆえ血の臭いをさせていたかはどうだ」

重兵衛は首を振った。

「頭巾をしていたといったが、顔は見えなかったのか」

「残念ながら。だが、向こうは俺のことを知っておるように感じた」

「どうして」

「お互い提灯を持っておらず、いきなり暗闇のなかで鉢合わせをしたも同然だったが、そのとき俺を見た瞳が微妙な光をたたえたように思えたのだ」

「だが、おぬしはその瞳に見覚えはないわけだな」

「ああ。だが、今、なにか思いだしかけたような気がするのだ。一度、どこかで会っているのでは、そんな気がしてならない」

「頭をひっぱたけば思いだすというのなら、いくらでもひっぱたいてやるが……続けてくれ」

あと一町ほどで国家老の屋敷というところまで来たとき、重兵衛は背後に、ばらばらと駆け寄ってくるいくつかの足音をきいた。

振り返ると、五つほどの提灯が上下に揺れながら近づいてきた。どうやら走ってくるのは家中の侍たちのようだ。

重兵衛は道脇によけ、やりすごそうとしたが、侍たちは行きすぎなかった。

「いたぞ」

先頭の侍が声をあげた。

いっせいに提灯が当てられる。そのまばゆさに重兵衛は目を細めた。

「どこへ行くつもりだ、興津」

侍は五人。そのまんなかに立つ、がっしりとした体格の侍が声をあげる。その声と体つきから、目付頭の斉藤源右衛門《げんえもん》であるのが知れた。他の四人も重兵衛の同僚だ。

「斉藤さまこそどちらへ。もしや呼びだしですか」

「ちがう。おぬしをとらえに来た」

「どういうことです」

誰からか発せられる殺気を重兵衛は感じ、無意識のうちに刀に手を置いていた。

「興津、刀を捨てろ」

厳しい口調で源右衛門が命じる。その声に合わせたように提灯が次々に投げ捨てられた。

その後、起きたことを重兵衛は淡々とした口調で話した。誤って同僚だった松山市之進を殺してしまったことも語った。

「その市之進どのの弟が……」

左馬助はうなった。

「いいか、重兵衛、やつはとんでもない遣い手だぞ。勝てるのか」

重兵衛は穏やかに首を振った。

左馬助がじっと見つめる。

「きさま、殺される気でいるな」

重兵衛は口を引き結んだ。

「誰かがきさまを罠にかけようとしたのは紛れもない。誰が、を確かめずに死ぬつもりなのか」

「むろん確かめたい」

「だったら、生きる手立てをまず考えろ。黙って討たれるなど、罠を張った者の思う壺ではないか」

確かにその通りだ。

「考え直したようだな」

左馬助がほっと息をつく。

「では、きくぞ。その国家老はその後、どうなったか知っているか」

「知らぬ」

「そうか。しかし、なんだな」

左馬助が思案深げな顔をした。

「その罠にかけられた家老、やり口がおぬしの場合と似ていると思わぬか」

「その通りだ。俺と国家老は、おそらく同じ者に罠にかけられたことになるのだろう」

左馬助はうなずいた。

「ところで、なにゆえおぬしの屋敷に百両があるのがわかったのかな」

「密告だろう」

「家老に会いたいとの考えを、誰かに話したか」

「いや」

「まちがいないか。よく思いだせ。それを知った者がいるからこそ、おぬしを罠におとしいれることを考えたのだぞ」

重兵衛は腕組みをして、下を向いた。

ときをかけて、あの当時のことを脳裏によみがえらせた。

「いや、誰にも話しておらぬ」

「そうか」

左馬助がなにかを思いついたような顔をした。

「美談を隠れ蓑に千両を懐に、といった同僚から知れたということはないか」

再び重兵衛は考えこんだ。

「あり得るな。渡辺《わたなべ》どのという先輩だった。今どうしているかは知らぬ。たぶん、目付の職にいるとは思うが」

「どんなやつだ」

「いかにも目付らしい男だ。だから俺をおとしいれる片棒を担ぐとは思えぬ」

左馬助は鼻の頭を指先でかいた。

「五人の同僚に囲まれたとき、有無をいわさず斬りかかられたといったが、その斬りこんできたのは誰だ」

「北見五郎太《きたみごろうた》という者だ。斉藤さまの腹心といってよい。ふだんはすごく温厚な人がいきなりだったので、動転したのを覚えている」

「その斉藤という人だが、その人が関わっているとは考えられぬか」

重兵衛は即座に首を振った。

「そういう人ではない。まさに清廉《せいれん》という言葉がぴったりくる人だ。俺のことを深く信頼してくれていた」

「だがおぬしを腹心に殺させようとした」

「それがどうしてなのか、俺にはわからぬ。斉藤さまは信頼に足るお人だ。わけもなく殺そうなどとする人では決してない。あれにはきっと、深いわけがあるにちがいない」

「おぬしがいうのならその通りだろう」

左馬助は逆らわなかった。

「これからどうする。といっても、迂闊《うかつ》に動いたら松山に見つかっちまうな。俺にまかせて、しばらくじっとしてろ」

無言の重兵衛を左馬助がにらみつける。

「返事がないな、お師匠さん」

「わかった。おとなしくしている」

左馬助はにっこりと笑った。

「それでいい」

ふっと息をつき、左馬助が立ちあがった。

六

ここに興津重兵衛がいるのだろうか。

輔之進はごくりと息をのんだ。

堀井道場の師範代が入っていった一軒の屋敷を、道からわずかに入った大木の陰から見つめている。

あまり力をこめて見すぎないように注意している。尾行に気がつかなかったあの左馬助という師範代はともかく、興津ほどの腕なら、眼差しだけで気づかれかねない。

それにしても広い屋敷だ。着の身着のまま国を逃げだした者が住むには不釣り合いといっていい。仮に興津が住んでいるとして、いったいなにを生業にしているのか。

かなり木々が深い庭に面している縁側のそばに、左馬助が座っている。その奥にいる誰かと話しているようだが、相手は興津なのか。

左馬助が興津に関して、なにも知らないというのは考えにくい。

興津重兵衛の名をきいたとき、なにげなさを装ったものの、明らかに顔色を変えたのだ。

やはり奥にいるのは興津ではないか、との思いが心の奥からわきあがってきた。ここを出て、確かめたい衝動に駆られた。

その衝動と戦っていると、道を急ぎ足でやってくる者があった。

長脇差を一本差し、黒羽織を着ている。うしろに中間らしい者が続いている。

町方同心は、吸いこまれるように左馬助がいる家のなかへ入っていった。

まるで我が家に帰ってきたかのように自然な入り方だ。注意していたが、訪いを入れたのかすらわからなかった。入れたとしても輔之進の耳まで届かなかった。

どういうことだ。なぜ町方がこの屋敷に。

さすがに輔之進は混乱するものを覚えた。町方がなんの用なのか。しかも、同心は明らかに血相を変えていた。


「なんだ、左馬助も来てたのか」

誰かが入ってきた気配を嗅いで重兵衛は立ちあがっていたが、座敷に姿を見せたのは河上惣三郎だった。

手習所の入口から入ってきたようで、うしろに善吉が続いている。

「ああ、ちょっと話があってな」

河上は重兵衛の正面にどかりとあぐらをかき、柄に合わない真剣な顔で、まっすぐ見つめてきた。

「きいてほしいことがあるんだ」

「なんでしょう」

河上の言葉に重兵衛はきき入った。

死者の特徴をきいてゆくうち、顔色が変わっていくのを重兵衛は自覚した。

むっと河上が顔をしかめる。

「やはり血縁なのか」

重兵衛には答えられない。仮に弟だとして、なぜ国にいるはずの弟が江戸で刺し殺されなければならないのか。

「その男が白金村への道をたずねたというのは事実ですか」

「ああ。もう顔は確かめてもらった。蕎麦屋の親父は、昨夜道をきかれたお侍です、と断言した」

「まさか、松山輔之進が殺ったんじゃないだろうな」

左馬助がいうと、河上が飼い主に気づいた犬のようにさっと顔を向けた。

「なんだ、心当たりがあるのか。その松山なにがしとかいうのは何者だ」

「重兵衛、俺にした話をこのおっさんにもしたほうがいいんじゃないか」

「誰がおっさんだ」

「こんなときに、そんなことに引っかかるなよ」

「なんだ、話って」

河上が顔を向けてきた。

「少し長くなりますが、よろしいですか」

「ああ、大丈夫だ。俺はこれでも、きき上手といわれてるんだぜ」

うなずいて重兵衛は語った。


きき終えた河上は驚きを隠せない。善吉もあるじと同じ表情をしている。

「重兵衛、おまえ、仇持ちだったのか」

河上がつぶやくようにいった。

「なにかあるとは思っていたが。……その松山輔之進だが、平然と人を殺せるような男なのか」

重兵衛は首を振った。

「いえ、そうとは思えませぬ」

左馬助が言葉を添える。

「ものすごい遣い手だが、心根はとても優しい男に見えた」

「手前は人となりを存じていますが、逆手に持った刀を突き刺すなど、そんなやり口はまったく似つかわしくない性格です。もし殺されたのが弟だとしたら、まちがいなく別の者が殺ったのだと思います」

平静に言葉が出てきたことに、重兵衛は内心で驚いている。

そうか、と河上がいった。

「重兵衛、すまねえが、まずは顔を見てもらわねばならん。一緒に来てくれ」

「わかりました」

重兵衛は立ちあがった。

「おい、重兵衛。ところで、弟はなんという名だ」

「俊次郎といいます」

「二人きりの兄弟か」

「はい」

「弟の歳は」

「二十歳ちょうどです」

「江戸に出てきた心当たりは」

「わかりませぬが、あるいはなにか知らせたかったのかもしれませぬ」

「家人のことかな」

重兵衛の脳裏をよぎったのは、母親のことだ。悲しい思いをさせたのはまちがいない。たまらなく申しわけない気持ちで心が一杯になる。

「でも、重兵衛、不思議だと思わんか」

河上がいわんとしていることは想像がついた。

「どうして弟は、おまえさんがこの村にいるのを知っていたんだ」


町方同心を先頭に、四人の男が連れ立って出てきた。

輔之進は目をみはった。

そのなかに興津重兵衛がいた。あまりにあっけなく見つかったのが信じられず、本当にまちがいないか、じっと目をこらした。

まちがいなかった。見まちがえるはずもない。幼い頃から知っている男なのだ。

やはりあの師範代は興津と知り合いだったのだ。つけたのは正解だった。

大木の陰を出ようとして、がさっという音を背後にきいた。はっとして振り返る。

白い犬がいた。つぶらな瞳で見あげている。きゃんと一つ鳴いて、足にすり寄ってきた。

「ちょっと、待て。俺は急いでるんだ。おまえの相手をしている暇なんかない」

足蹴にするわけにもいかず、輔之進は抱きあげた。どこかその辺まで連れていって放してやるつもりだった。

犬は嚙みつくわけでもなく、むしろうれしそうに顔をぺろぺろなめてきた。

「おい、こら、よせ」

四人に目を向ける。犬が鳴いて気がつかれたかと思ったが、幸いそんなことはなく、川沿いの道を急ぎ足で歩いている。

道に出た輔之進は走りだそうとした。だがすぐに足をとめた。

女が立っていた。歳は同じくらいか。ずいぶんきれいな顔立ちをしている。

「あの、連れていかないでください」

「えっ」

「その犬です。私が飼っているんです」

輔之進は腕のなかに目を向けた。

「いや、別に連れていこうとしていたわけじゃない。迷子かと思って、飼い主を捜しに行こうとしていたんだ」

輔之進は娘に犬を押しつけると、振り返って四人を見た。自分も渡ってきた橋にすでに差しかかっている。

「重兵衛さんと同じような話し方、されるんですね」

女がいった。

輔之進は目の前に立つ女をあらためて見つめた。

「興津、いや、重兵衛……さんを知っているのか」

「もちろんです。村の手習師匠ですし、とてもよいお人ですから」

手習師匠をやっていたのか、と輔之進は思った。あの広い屋敷の意味も知れた。

橋を渡り終えようとする興津を見つめる女の瞳はきらきら輝いている。これがなにを意味しているのか、これまで女と縁のない生活をしてきたといえどはっきりとわかる。なぜか心に苛立ちがわいてきた。

「左馬助さま、河上さま、善吉さんとご一緒ですね。とても仲がよい人たちです。特に左馬助さまとは最も親しいお友達といってよいと思います」

そうか、あの師範代はそんなに親しい仲だったのか、と輔之進は思った。

「お侍は、重兵衛さんと、もしかしてお知り合いですか」

「ああ、幼なじみといってよい」

「じゃあ、会いに見えたのですね。重兵衛さんはどちらのご出身なんです」

輔之進は教えた。

「信州高島……」

「おぬし、勘ちがいしてるようだから訂正しておくが、俺は興津重兵衛に会いに来たわけじゃない」

一つ間を置く。

「殺しに来たんだ」

冷たくいい放って、輔之進は駆けだした。

橋を渡り、のぼり坂を行く四人の前途をさえぎるようにして立ちはだかった。

「あっ、おまえは」

左馬助が声をあげ、顔をゆがめた。

「つけたのか」

輔之進はきこえなかった顔をした。

「興津重兵衛、兄の仇。尋常に勝負せよ」

刀を抜き放つ。

左馬助がかばうように前に出る。

「俺が相手になる」

「無理ですよ、左馬助さんでは」

輔之進にいわれて左馬助が唇を嚙んだ。

同心が及び腰ながら、前に出てきた。

「ちょっと待て。今は困るんだ」

「ちょうどよい。仇討願なら、主家を通じてだしてある。興津を討ったあと確かめてくれ」

「ちょっと待てっていってるだろう。重兵衛が仇持ちだったわけはきいた。だが、今はそれを待ってもらいてえといってるんだ」

同心が声を落とす。

「おい、本当におまえが重兵衛の弟を殺ったんじゃないだろうな」

輔之進は眉をひそめた。

「弟というと、俊次郎どののですか。俊次郎どのが殺されたというのですか」

興津が前に出てきた。

「輔之進どの、殺されたのが本当に弟かどうか、確かめに行こうとしていたところなのだ」

興津が同心を手のひらで示す。

「輔之進どの、すまぬが、今は行かせてもらえまいか」

輔之進は迷った。半年のあいだ捜し続けてきた仇が目の前にいるのに、刀を振りおろさなくていいのか。

真摯《しんし》な両の瞳にぶつかった。懐かしさが胸にあふれる。この目に子供の頃から憧れていたのだな、と思った。

人の気持ちをなんともいえずあたたかくさせる笑顔を持っているのに、だが、今はとても悲しそうだ。興津重兵衛にこんな顔は似合わない。

「しかしどうして俊次郎どのが江戸に。確か、屋敷で蟄居《ちっきょ》しているとききましたが」

「それもわからぬのだ。遺骸を確かめれば、あるいは知れるかもしれぬが」

うしろから軽い足音がし、白いものが目の前をさっと横切っていった。

さっきの犬で、興津に走り寄ってゆく。輔之進にしたように興津の足を前足で抱きかかえた。

「うさ吉」

興津の口からつぶやきが漏れた。

「その犬はうさ吉というのですか」

輔之進は我知らずきいていた。

「ああ、村の娘さんが名づけ親だよ」

興津が背後に目をやる。

「ほら、やってきた」

輔之進は振り返り、息せき切って走ってくる女を見た。

必死な顔で走ってきて、立ちどまる。はあはあと荒い息を吐きながら、訴えるような目で輔之進を見ている。

殺さないでください、とその目はいっていた。口にだしていわないのは、輔之進と興津のあいだに自分などが口をはさんではならない深い事情があると理解しているからだ。

輔之進は、うららかな陽射しを浴びた雪のように心が溶けてゆくのを感じた。

「いいでしょう」

輔之進は興津に向かっていい、刀をおさめた。興津の言葉に嘘はないのを読み取っている。もともと嘘などいわない人だった。

「今日のところは取りやめにしておきます」

「かたじけない」

興津が深く頭を下げてきた。

輔之進は、興津の足にじゃれついている犬を手で持ちあげた。犬はまたぺろぺろと顔をなめようとする。

「いい子だ」

そういって、ほっと肩から力を抜いている女に手渡した。

女は控えめに笑った。輔之進にはその笑顔がまぶしかった。

「お侍はとてもよいお方ですね。うさ吉がなつく人なんて、そうはいないですから」

というより人がよいのだ、と輔之進は自嘲気味に思った。自分のことも考えずに金をやった親子もそうだし、今回もそうだ。

「とりあえずはおさまったようだな」

安堵したように同心がいい、輔之進に歩み寄ってきた。

「俺は河上惣三郎という。河上の河は大河の河だ。まちがうんじゃねえぞ」

「はあ」

「おまえさん、名は松山輔之進でいいんだよな。なかなかいい名じゃねえか。俺には負けるがな」

「あれ、でも旦那、前に惣三郎なんて変な名前だよな、ってぼやいてたじゃないですか。親父の命名の下手くそさにはあきれるぜ、って」

「うるせえぞ、善吉。気が変わるってえのはよくあることじゃねえか。おめえだって、町娘の好み、ころころ変えてるだろうが」

中間が黙りこんだのを確かめて、同心が続ける。

「おまえさんも重兵衛の弟の顔を知ってるんだな。急用もなくなったみてえだし、一緒に来てくれねえか」

輔之進は逡巡《しゅんじゅん》したが、誰が俊次郎を殺したのか、そのことが気になった。歳がちがうこともあってそんなに親しくはなかったが、ただの知り合いというほどでもない。下手人を捜しだす力添えができれば、それに越したことはなかった。

「いいでしょう」

いちばんうしろを歩きはじめる。

どうも妙なことになった、と輔之進は思った。兄の仇とともに歩を進めているなど。興津は一間ほど前を歩いている。無防備な背中だ。今なら一太刀で殺せたが、そんな気持ちなどさらさらない。

なんとなく目を感じ、輔之進は振り返った。

さっきの娘が道のまんなかにたたずんで、こちらを見つめている。自分ではなく、興津を見ているのはわかっていた。先ほど感じた苛立たしさは焼き餅だったのだな、とさとる余裕が輔之進のなかにはすでにできている。

「重兵衛どの」

輔之進は声をかけた。

「こんなときになんですが、兄の最期がどんなだったか、おききしたいのですが」

歩きながら興津はそのときの様子を真摯《しんし》に語り、最後につけ加えた。

「いいわけがましくなるが、どうして市之進があんなところに出てきたのか俺にはさっぱりわからぬ」

同感だった。兄はわざわざ刺されに行ったようにしか思えないのだ。

だが、いったいどうしてそんなことになったのか。

「輔之進どの」

今度は興津が声をかけてきた。

「それがしの母がどういう暮らしをしているか、ご存じかな」

「兄の葬儀のとき、見えたそうです。申しわけないことをしました、とそれがしの母に頭を下げられて。その後のことは存じません。それがしはあれ以来、国に帰っていないものですから」

詳しく説明できないことが、輔之進にはなんとももどかしく感じられた。

七

河上がむしろを払う。

「どうだ、重兵衛」

重兵衛は息をのんだ。

「まちがいありませぬ」

喉の奥からしぼりだすようにいった。

青山久保町の自身番に横たえられていたのは、弟の俊次郎だった。

「やはりそうだったか」

河上が唇を嚙んでいる。

自分も同じことをしているのに重兵衛は気づいた。なぜ弟がここで死んでいるのか、混乱するばかりだ。心が嵐のように波立っているだけで、まだ悲しみの気持ちはほとんどわいてこない。

ただ、弟が死んだのは、まちがいなく自分のせいだ。俊次郎は巻きこまれたのだ。

横で輔之進が呆然と死骸を見ている。

「おい、重兵衛」

河上が呼びかけてきた。

「遺骸を前に悪いが、下手人の心当たりはないか。一刻もはやくとらえてやることこそ供養だろう」

その通りだ、と重兵衛は思った。

「河上さん、子供をさらったことにして手前に罪をなすりつけようとした者たちのことを覚えていますか」

「忘れるわけがねえ。じゃあ、その者たちの仕業《しわざ》ではないか、と思っているのか」

河上が眉をひそめる。

「重兵衛、おまえは国でも罠にかけられたといったな。それは国家老を罠にかけた者のことを調べていたからだよな。つまり、国家老をおとしいれたやつを探りだせば、誰が弟さんを殺したかわかるわけだよな」

河上が重兵衛を見つめた。

「国家老の敵は誰だ」

「そこまでは調べがつきませんでした」

「目付頭ではないのか」

重兵衛はきっぱりと首を振った。

「そういうお人ではありません。左馬助にもいいましたが、斉藤さまは清廉潔白という言葉がぴったりくるお人です」

横で輔之進も首を縦に動かしている。

「輔之進、おまえ、そのことに関し、なにか知らねえか」

初対面の河上に呼び捨てにされたが、輔之進は不満そうな顔を見せなかった。兄と同じで、こだわらない性格のようだ。

「いえ、国家老の岩元備中《いわもとびっちゅう》さまが富くじ絡みの不正で蟄居になったことは存じていますが、それ以上のことは。なにぶん、それがしは部屋住にすぎませんでしたので」

「今、備中さまがどうしているかをご存じか」

重兵衛はたずねた。

「いえ。それがしは兄が殺さ……死んだとの知らせをきいてすぐに旅立ち、そのあと一度も国許には帰っておらぬゆえ、その後のことはなにも」

「兄上は、備中さまについてなにかいっていなかったか」

輔之進は申しわけなさそうに首を振った。

「おい、輔之進」

河上が自分に顔を向けさせた。

「左馬助をつけて重兵衛を見つけたというのは本当か」

「はい」

「左馬助の道場をどうして知った」

輔之進は詳しく経緯《いきさつ》を語った。

捜し方としては、しごくもっともだった。少なくとも、重兵衛は不自然な感じを受けなかった。

「輔之進どの」

左馬助が呼びかける。

「重兵衛を殺すのか」

「兄の仇ですから」

さらりといった。

重兵衛は輔之進の前にすっと出て、頭を下げた。

「今しばらく待ってもらえまいか。誰がどうして俊次郎を殺したのか調べたい。そして弟の仇を討ちたい」

「かまいませぬよ。それがしとしても、俊次郎どのを誰が殺したのか、それがわかればどうして兄があんな死に方をしたのか、わかるような気がします。むしろ力を貸したいと考えております」

「よくぞいった、輔之進」

河上がたたえた。

「でも、俊次郎どのの仇を討ったら」

言葉をとめ、輔之進が重兵衛をじっと見た。

「勝負ですよ」

「そんな険しい顔をするな」

場の緊張をやわらげるように左馬助があいだに入る。

「輔之進どの、今、上屋敷に逗留しているといったが」

「輔之進でけっこうです」

「では輔之進、屋敷で食べる飯はどうせまずいだろう。腹が減ったらいつでもうちに来い。うちのは包丁が抜群だ。遠慮はいらぬ」

輔之進は小さく笑みを見せて、うなずいた。

重兵衛は胸をわしづかみされたような感じになった。その照れたようなうれしげな表情は、兄市之進を彷彿《ほうふつ》させた。

輔之進はすぐ真顔になった。

「左馬助さん、しかし、飯くらいでは懐柔されませんよ」

八

弟の顔にぽたりと水滴が落ちた。

それが自分の涙であると気づくのに、重兵衛はしばらくときを要した。

とめどなく涙は出てきた。

最後に会ったのは、あの晩の夕餉だ。

本来なら、部屋住の俊次郎と当主の重兵衛が食事をともにするなどあり得ないが、たった二人きりの兄弟なのに、そんなのは意味がないと思っていた重兵衛は、一緒に食事をとれるときは必ずそうしていた。

あのときの弟の笑顔。好ききらいがなに一つなく、母がつくってくれた物はなんでもうまい、うまいと食べたものだ。

閉めきった雨戸の穴から、陽射しがいくつもの筋となって射しこんできている。

いつの間にか夜が明けていた。鳥の声もきこえてきている。弟の死など知らぬかのような楽しげなさえずりだ。

一晩中、弟の死顔を見つめていた。

やがて悲しみに代わって、悔しさばかりが募ってきた。そして後悔も。

自分が妙なことに興味を抱きさえしなければ、弟は死ぬことはなかった。弟が死んだのは、自分のせいだ。

ちがいます。

はっとして重兵衛はまわりを見渡したが、そんな声を発しそうな者など部屋にはいない。唯一、左馬助がうしろで正座をしているが、じっと目を閉じて弟の冥福《めいふく》を祈る風情だ。

弟の声のように思えた。勘ちがいしないでください、と兄を戒《いまし》める声だ。

その通りだな、と重兵衛は俊次郎に呼びかけた。おまえが死んだのは自分のせいなどではない。

おまえを殺した者こそ許せない。

怒りがふつふつとわいてくる。膝を押さえつけていないと、足が勝手に走りだしそうな気さえする。

重兵衛は唇を嚙み締め、息を入れた。なにも考えず、暴走はできない。

線香の煙が立ちこめた座敷のなかは、霧の濃い山中のようで、視界がききにくくなっている。

「重兵衛」

左馬助はとうとう一晩中つき合ってくれた。

「ちょっと出てくる。葬儀は何刻からはじめる」

「まだわからぬ。名主の勝蔵さんが、俊次郎をどの寺に入れるか、決めてくれるはずだが、それからだ」

「また午後に来ればよいな」

「来てくれるのか」

「当たり前だ」

左馬助が立ちあがった。

「重兵衛、雨戸をあけるがよいか」

「頼む」

雨戸がひらかれ、それにつれて座敷のなかも明るくなった。

まぶしさに重兵衛は目をしばたたいた。

「では、行ってくる」

左馬助が出ていった。

入れちがいに、人のざわめきらしいものが伝わってきた。

重兵衛は耳を澄ませた。

「重兵衛さん、いる」

縁側のある庭から女の声がした。

行くと、お知香を先頭に、十名ばかりの村の女房衆が顔をそろえていた。

「ああ、重兵衛さん、このたびはご愁傷《しゅうしょう》さまです」

お知香がいい、女房衆がいっせいに深く頭を下げた。口々に悔やみをいう。

「ごていねいにありがとうございます」

重兵衛も頭を下げ返した。

「それで、重兵衛さん、今日、こちらに人がたくさん来るでしょ。それで私たち、お手伝いにあがったの。料理とかいろいろしなきゃいけないでしょ」

お知香が説明した。

「まだこれだけじゃないの。あとからもっと来るんだけど、私たちはつまり第一陣というところなの」

重兵衛はそういうことはまったく失念していた。

「ご迷惑ですか」

沈黙を別の意味にとったらしいお知香がきく。

「いえ、まさかそんな。ありがとうございます。どうぞ、おあがりください」

お知香たちはまず線香をあげた。俊次郎が横たわる夜具の前でじっと目を閉じ、手を合わせていた。

「下手人の心当たりは」

お知香が痛ましそうな目をしてきく。他の女房たちも同じ瞳で重兵衛を見ている。

「いいえ、これからです」

「仇討を」

「そのつもりです」

「そう」

お知香は悲しそうな顔になった。

「重兵衛さん、死なないでね。子供たちも悲しむだろうし、私たちも……」

なんといえばよいか、重兵衛にはわからなかった。

仇討が成就したところで輔之進がいる。どのみち、もはや先の見えた人生だった。

九

久しぶりだな、と門を見あげて左馬助は懐かしかった。

この春から初夏にかけて暮らしていた御長屋の壁は、ようやく高くなりつつある太陽の光を浴びて鈍い黒色の光沢を帯びている。

なんだこいつは、といわんばかりにじろじろと胡散臭げに見ている門衛に名乗り、用向きを告げる。

「ご家老に、ですか」

六尺棒を持つ門衛は言葉づかいはていねいながら、眉をひそめ気味に左馬助を見た。それでもくぐり戸をとんとんと叩き、なかの者を呼んだ。

それから何度かなかの者とのやりとりがあってから、門のなかに入れてもらえた。勝手をいって致仕《ちし》した者では、さすがにそうは簡単に入れない仕組みになっている。

正門のくぐり戸を抜け、小者に連れられて上屋敷の玄関をあがった。

いくつもの部屋にはさみこまれた長い廊下を通り、奥の座敷に通された。

それからかなり待たされた。茶も最初に一杯が出ただけで、誰もやってこない。

完全に忘れ去られた感じだ。長いこと正座をしていてしびれてきたが、だからといって足を崩すわけにもいかない。

尿意を催してきた。厠《かわや》の場所はもちろん知っているが、いつ江戸家老の今井《いまい》将監《しょうげん》が来るかわからない。

だが我慢の限界を超えた。左馬助は襖をあけ、廊下に出た。

家中の者のような顔をして廊下を進んでいると、どこからか侍がやってきた。

「おぬしは誰だ。見かけぬ顔だが」

左馬助は自らの身分を告げた。

「致仕して今は町道場の師範代だと」

仕官を願う者が跡を絶たないというのに、自ら禄を捨てるなど信じられぬ、という表情だ。

別にこういう者に気持ちをわかってもらうつもりなどないからさして気にもならないが、確かにふつうの感覚でいえば奇特そのものだろう。

その侍に厠まで案内してもらった。用を足したあともついてきて、左馬助がもとの座敷におさまるのをしっかりと見届けていた。

再び正座をした左馬助は目の前の湯飲みを傾けかけたが、中身は空だった。

どこからか鐘の音がきこえてきた。三つの捨て鐘のあと、九つ鳴らされた。

もう昼かよ、と思ったら腹の虫が鳴いた。一度道場に戻って朝は食べてきたとはいえ、まだ若いだけに腹が空くのははやい。空腹は、だが、眠気を払うのにむしろありがたかった。

しかし冷たいものだな、と左馬助は思った。禄を離れただけでまるでちがった扱いになってしまっている。同じ人として見られていない気さえする。

それからさらに半刻ばかりたって、ようやく襖の向こうに人の気配が立った。

「失礼するぞ」

懐かしい声が響き、襖があいた。

左馬助は平伏した。

「まあ、そんなにかしこまるな。禄を離れた以上、わしとおぬしは対等だ」

背中にやわらかな声がかかる。

「だからといって、生意気な口をきいたら殴るぞ。さあ左馬助、はやく顔を見せろ」

左馬助はしたがった。

目の前に今井将監の柔和な笑みがある。

「なんだ、ずいぶん疲れた顔をしておるな」

かすかに表情をゆがめる。

「だいぶ待たされたのか。来客を知らされたのはつい先ほどだったのだが。叱りつけておくゆえ、堪忍《かんにん》してくれ」

「そんな必要などございませぬ。告げ口したと思われたくありませぬし」

「だが、よくいってきかせる必要はあるな。町道場の師範代だからと、軽んじるのはよくない。どうだ、盛況か」

「はい。でも、それがしの手柄ではございませぬ。師範の剣客としての名と人柄が知られているからです」

「ふむ、なかなか慎み深い答えだ。嫁をもらったそうだな」

「ご存じでしたか」

「師範の娘御ときいたが」

「その通りです」

「子は」

「いえ、まだです」

「なるほど、その娘に惚れて致仕したのか」

にやりと笑いかけてきた。

「左馬助、やるものだな。やめたという知らせをもらったときはびっくりしたが。わしにはそんなことをやる度胸がない。人というのはどうしても楽なほうを選びたがるものだからな」

左馬助をしみじみと見た。

「自由に生きてるな。うらやましいぞ」

左馬助は熱いものが胸のうちにこみあげてくるのを感じた。

将監が表情を引き締めた。

「ところで今日はなんだ。わしの顔を見に来たというわけではなかろう」

「いえ、いずれはご挨拶にあがらなければ、と考えていたのは事実です」

「うまいことをいうな。再び江戸に来てからもうだいぶたつはずなのに」

「はあ、申しわけございません」

「よし、用件を申せ」

左馬助は、信州高島諏訪家について、知っていることはないかきいた。

「信州高島か。同じ譜代ではあるな」

将監は鼻の頭をかくような仕草をした。

「どんなことを知りたい。詳しく申せ」

「家中での争いや揉《も》めごとがあったというようなことを耳にされたことは」

「いや、ないな」

将監は首を振り、別にお家騒動のようなこともきかぬ、ともいった。

「むろん大名家のことゆえ、ごたごたはいくらでもあるだろうが、そこまではさすがきこえてこぬ」

「江戸家老をご存じですか」

左馬助は、江戸家老が剣術道場をまわってみるようにいったという輔之進の言葉に、どこか引っかかるものを感じている。

「いや、同じ譜代といってもつき合いはほとんどないし、人となりも知らぬ。確か、石崎内膳どのといったとは思うぞ」

左馬助はその名を頭に刻みこんだ。

「どうした、左馬助。諏訪家にからんで面倒にでも巻きこまれておるのか」

「いえ、そのようなわけではないのですが」

さすがにいいよどんだ。

「友が厄介なことになっておりまして、助けてやりたいと考えているのです」

「その友が諏訪家の者か」

左馬助は口ごもった。

「まあよい。おぬしとしては、わしを巻きこみたくないと思っているらしいな。わしも忙しい身でな、できたら面倒ごとは避けたいと思って暮らしておる。だがな、左馬助」

やさしい声音で告げた。

「わしを頼りたくなったらいつでも来るがよい。遠慮はいらぬ。今度は待たせることのないようにするゆえな」

将監がにっこりと笑った。

十

仇討をとりあえず延期したことを江戸家老にいうべきか、輔之進はかなり長いこと迷っていた。

なにしろ、ここ江戸屋敷にいられるのは石崎内膳の厚意からだし、内膳の助言で興津重兵衛が見つかったも同然なのに、それを無駄にする結果にしてしまったのだ。

いわずにはすまされまい、と決意し、内膳を訪ねた。

忙しい身であるのはわかっており、約束があったわけではなかったから、座敷でだいぶ待たされた。

「おう、すまなかったな。待たせた」

腰をおろした内膳はじっと見つめてきた。

「どうした、なにがあった」

輔之進は説明した。

内膳は驚愕《きょうがく》をあらわにした。

「なに。なにゆえそんな真似を。延期など、仇討にあってはならぬことだろう。そのあいだに逃げられたらいかがする」

輔之進は理由を述べた。

「弟を殺された興津の仇討の成就を待つというのか。本気か」

はい。輔之進は頭を下げた。

「しかしここ半年、ずっと捜していたのであろうに。よいのか」

「決してやめたわけでなく、あくまでも延期にすぎませぬ。ですので心配はご無用です」

「そうか。しかし、おぬしがもしやれぬというなら」

やや語気を強めて、輔之進を見る。

「こちらでやるぞ。やつは目付を殺した男だ。公儀には脱走届もだしてある。公儀に働きかければ、町方がとらえてくれよう。その後は身柄を高島に送ればよい。国許で仕置はされる。おそらく斬首だな。どうだ」

「いえ、お待ちください。それがしも仇討願をだしております。是非とも、それがしのほうを優先してください。お願いいたします」

「わかった。おぬしの希望通りにしよう」

内膳がかたく腕組みをした。

「だが、興津重兵衛は本当に弟の仇に行き着けるのか。もし行き着かなかったら、永久に仇討はできぬぞ」

「それはわかっておるのですが、だからと申して、日を切ることもできませぬ」

「とにかく様子を見たほうがよいか。ところで、やつはどこに住んでおった。麻布か」

「いえ、麻布ではございませぬ」

「どこだ」

「いえ、どうかご勘弁ください」

誰のおかげで興津を捜しだせた、と怒鳴りつけられるかと思ったが、江戸家老は穏やかに、よかろう、といった。

「おぬしがいいたくないのなら、二度ときかぬ」

輔之進は会釈をした。

「あの、一つおききしてもよろしいですか」

「なんだ」

「このまま上屋敷に逗留していてもよろしいのですか」

「そのことか」

内膳は少し考える顔をした。

「かまわぬ。おぬしがまさか仇討を延期するとは思わなかったが、わしは仇討が成就するまでいてよい、といったはずだ。気にせず、いたいだけいてくれ」

それを聞いて、輔之進は胸をなでおろした。

十一

「重兵衛さん、このたびはとんだことで。ご愁傷さまです」

名主の勝蔵がひざまずいて辞儀をした。

「弟さんですが、崇鏡寺《すうきょうじ》におさめられることになりました。よろしいですか」

「もちろんです。お手数をおかけしました。ありがとうございます」

崇鏡寺というのは、白金堂の南およそ三町ほどにある臨済宗の寺だ。重兵衛の家の宗《しゅう》旨《し》をきいた勝蔵は、寺との話をまとめてくれたのである。

勝蔵の指示で棺桶《かんおけ》が運びこまれ、そのなかに俊次郎が入れられた。湯灌《ゆかん》はすでに終えている。

棺桶の前に台が置かれ、飯が盛られ箸が立てられた茶碗がのせられた。

それから次々に弔問客が訪れた。

子供たちも全員、顔を見せてくれた。

お美代や吉五郎、松之介たちはそれまで俊次郎のことなどまったく知らなかったのに、お師匠さんの弟ということだけで泣いてくれた。

お律も元吉たちと一緒にやってきている。顔は悲しそうだが、表情にやつれはなく、元気そうだ。あれからいやな目には遭っていないということだろう。

午後になって惣三郎、善吉もやってきた。

「重兵衛、下手人をあげられるよう励むから、あまり気を落とさんでくれ」

「あっしもできる限りのことはいたしますよ。旦那のけつをひっぱたいてでも、きっと働かせますから」

二人はだされた煮物だけを口にした。女房衆に勧められた酒を断った河上は、表情に決意をみなぎらせて帰っていった。

入れちがうように左馬助が座敷にやってきた。

「すまなかったな、おそくなって」

「いや、用事はすんだのか」

「ああ」

左馬助が、座敷にあふれている村人たちを見渡している。

重兵衛もつられて顔をあげた。

皆、しんみりとしている。男たちはほとんど全員酒を飲んでいるが、苦いものでも口にしているような表情だ。座敷のなかは本当に静かなものだった。

「みんな、いい人ばかりじゃないか」

左馬助が語りかけてくる。

「葬式だと、ただ酒が飲めるせいか妙に盛りあがる者が多いのに、この村の人たちはみんな、弟さんの死を悼《いた》んでくれている。これは、おぬしが誰よりも好かれている証でもあるのだけどな。おぬしの痛みは村人の痛みでもあるわけさ」

「俺のときは」

重兵衛はぽつりといった。

「なぜ集まったのかわからないくらい騒いでほしいな。そのほうがにぎやかでいい」

「縁起でもないことをいうな」

左馬助が叱りつける。

「重兵衛、ちょっと場を移さぬか。ここでは話がしにくい」

重兵衛は、左馬助を誰もいない教場に連れていった。

教場内は締めきられているのに、晩秋の冷たい風が入りこんでいるかのような冷気に覆われていた。

左馬助が身を震わせた。

「寒いか」

「ちょっとな。江戸は郷里にくらべたら、だいぶ冷えるからな。俺は、江戸ではじめて雪が積もっているのを目の当たりにした」

「俺は江戸で冬を二度越したが、まるで故郷の春みたいに感じたものだ」

「二度って勤番か」

「ああ、主君の出府にしたがって江戸づめをな。江戸屋敷でもむろん目付だったから、煙たがられたものだ」

「おぬしでもそうだったのか。やっぱり俺は致仕して正しかったな」

子供たちの使用する天神机は、右手の壁際に積みあげられている。

重兵衛がつかっている文机《ふづくえ》だけは、教場のまんなかに、ぽつんと置き忘れたように残されている。

二人は文机をはさんで座った。

「やっぱり、座り慣れたところがよいみたいだな」

左馬助が、気持ちを浮き立たせるように明るくいう。

「話がしやすいのは事実だな」

左馬助が姿勢をあらためた。

「重兵衛、本当に討たれる気でいるのか」

「ああ」

「だが、おぬしが市之進どのを殺す気などなかったのは一目瞭然ではないか。輔之進だって、そのあたりのことはわかっている口ぶりだった。頼みこめば考え直してくれるのではないのか」

「俺が市之進を殺した事実に変わりはない。おぬしは、兄を殺した仇に殺す気はなかったといわれて、はいそうですか、と考え直せるか。どんな理由があろうと、仇を討つのは武門として当然のことだ。今は、日延べしてくれただけでよしとせぬとな」

　左馬助が息を一つ入れた。

「市之進どのがどうして間合に飛びこんできたのか、考えたはずだ。思い当たるわけはなかったのか」

「確かにさんざん考えた。だが、さっぱりわからぬ」

「市之進どのは」

　左馬助が声を低めた。

「自害を考えてはいなかったか」

「それも考えた」

　重兵衛は顎を小さく揺らした。

「だが、考えられぬ。あの晩のほんの二日前、こんなことがあった」

　城を引けた二人はそれぞれ供を連れ、肩を並べて歩いていた。

　その日は早仕舞で、西の空、山並みの向こうに沈みゆく太陽が眺められた。雲のほとんどない空は澄み渡って、城下は橙色に染められていた。

　そんな光景をずいぶん久しぶりに見た気がして、重兵衛は歩きながら飽くことなく西へ目を向けていた。

「重兵衛」

それまでもずっとなにか話したそうにしていた市之進だったが、ようやく心が決まったように声をかけてきた。

「俺は嫁を取ることになるかもしれぬ」

「ほう、それはめでたいな。誰だ」

「おぬしも知っている娘だ」

市之進は思わせぶりにいって、すぐにすまなそうにまつげを伏せた。

重兵衛は考えた。思い浮かぶ名は一つしかなかった。

「まさか」

「そのまさかなのだ。もちろん、まだ正式なものではない。昔ならともかく、向こうが気に入らぬではなかなか話はまとまらぬ世の中だからな」

重兵衛はぽりぽりと鬢をかいた。

「ふーん、吉乃《よしの》どのがおぬしの嫁にな」

市之進はしてやったりという顔になった。

「なるほど、おぬしの好きなおなごというのは吉乃どのだったのか」

はかられたことを知って、重兵衛はさすがに顔色を変えた。

「よし、まかせておけ」

市之進は胸を叩くように力強くいった。

「俺がうまく話を進めてやる」

市之進はうれしげに歩を進めはじめた。

「ちょっと待て、市之進。勝手なことをするな」

「よいではないか。なにを照れておる。吉乃どのなら俺もおまえにぴったりだと思う」

吉乃というのは二人が通っていた道場仲間の妹で、明るい気性の娘だった。器量のよさもあって道場仲間のあいだでは人気があり、誰が嫁にできるか、いい合ったこともある。

「その吉乃とかいう娘、あの娘に似ているんじゃないのか」

不意に左馬助がいった。

「あの娘とは」

「とぼけぬでもよい。あのうさ吉とかいう犬を連れている娘さ」

「おそのさんか」

似ているだろうか。少なくとも、明るい笑いはそっくりだ。

「あの娘を嫁にする気はないのか。こういうときそばにいてくれたら、悲しみは半分になるぞ」

「とにかく」

重兵衛は左馬助の言葉を無視して、いった。

「そんな冗談をいえる男が、自害など考えるとはとても思えぬ。吉乃どのとの縁談を本気でまとめるつもりでいたように俺の目には映った。それに」

「ふむ、それに」

「三年前、市之進の叔父が自害するということがあった」

理由は部屋住の身分をはかなんでのこと。その叔父は市之進の父の一番下の弟で、まだ三十二だった。

病気などなく健康そのもので、その日もいつもと変わるところはなかったが、夕方、暮らしていた離れで腹を切って果てているのが見つかったのだ。

「どんな理由があろうと自害はいかんよな、と市之進は強くいっていた。残された者たちはどうしても責任を感じてしまうし、とも」

「そうか。そういうことなら、確かに自害は似合わぬ人のようだな」

左馬助は同意を表情に刻んでみせた。

「どうして俊次郎どのがおぬしの居場所を知っていたか、それについては」

「それもわからぬ」

重兵衛は腕組みをした。

「昨夜、何度も語りかけたよ。弟は残念ながら話してくれなかった」

「なにをしに来たのかはどうだ」

「それも……」

なにか変事でもあったのか。それとも、やはり母のことか。あるいは、重兵衛自身に関することか。

とにかく、なにかを知らせに来たとしか思えない。弟はいったいなにを知らせたかったのだろう。

「おぬし、富くじを主催した霧島屋という商家を洗っていたといったな。その商家に殺られたとは考えられぬか。あるいは霧島屋が依頼した者に」

左馬助がいう通り、霧島屋が怪しいとの思いは重兵衛のなかで今も変わっていないが、それだけだったら自分を領外に追い払ったことで目的を達したはずだ。

しかも家中随一といっていい遣い手の仇になっているのだ。

重兵衛は考えを前に戻した。

誰が岩元備中を罠にかけたのか。やはりこれがいちばんの問題だろう。

国に帰れば調べは進むだろうが、帰国はできない。

それでなくとも人の少ない国だ。市之進殺しの下手人ということであっという間につかまり、牢屋行き。よくて切腹、おそらくは斬首だろう。

江戸で調べを進めなければならない。

「お師匠さん」

振り返ると、入口のところにお美代が立っていた。

「どうした」

「みんな、お師匠さんがどうしてるか、気にしてるの。顔を見せてあげたら」

「ああ、そうだな。すまなかったな、お美代。気をつかわせた」

重兵衛は左馬助をうながして立ち、座敷に戻った。

輔之進が来ており、他の人たちと同じ言葉を重兵衛にあらためて告げた。

だが、さすがに妙な顔をしている。いずれ殺すことになる男に悔やみをいっているのだから。

「おい、輔之進」

左馬助が小声で呼びかけた。

「考え直す気はないのか」

「やめろ、左馬助。そのことはさっき申した通りだ」

「しかし」

輔之進はなにもいわない。左馬助にいわれる以前に、すでに迷いが出てきているようにも見受けられた。

日がだいぶ傾いて夕方が近づくにつれ、弔問客はさらに増えてきた。

輔之進が驚いた顔をしている。こんなに人が来るなど、信じられないといった表情だ。

「重兵衛の人柄だよ」

左馬助がいう。

「これだけの人に愛されているのだ。どうだ、考え直したくなっただろ」

おそのと田左衛門もやってきた。

おそのは、そこに輔之進がいることにびっくりしている。

逆に、輔之進は生気を取り戻したような顔になっている。

なるほどそういうことか、と重兵衛は思った。だから外は夕闇に包まれつつあるのに、帰ろうとしなかったのだ。

ほほえましさを覚えた。それだけ気持ちが落ち着いてきたといえるのだろうが、そのことが逆に俊次郎のことを忘れてゆく証のように思え、重兵衛は寂しさが心をかすめてゆくのを感じた。

「おい、輔之進」

左馬助がまた呼びかけた。

「江戸家老の石崎どのというのはどんな男だ。信用できるのか」

「むろんです。とてもよいお人です」

輔之進はそう考える理由を述べた。

「ほう、おぬしが江戸屋敷に逗留する手はずをととのえてくれたというのか。そんなに親しい間柄なのか。おぬし、江戸ははじめてだよな」

「特に親しいというわけではないのですが」

内膳が述べたわけというのを輔之進は語った。

「おぬしの父親に世話になったから、か」

左馬助は納得していない顔だ。

「重兵衛、おぬしは江戸家老をどう見ている。江戸づめを経験しているのなら、人となりはわかっているだろう」

「仕事はできるお人だ。公儀や出入りの旗本、他家の留守居役からも一目置かれている。人柄も信用できると思う」

「思う、か。あまり自信がないのだな。国許との関係はどうだ。良好か」

「当然だ」

「どうだかな。俺の主家も貧しかったからよく知っておるが、国許では定府の者たちを、ただ金を食うだけの者としか見ていなかったぞ。特に、勘定方の連中がそうだったが。ろくに働きもせんで、金ばかり送れと申す厄介者だとさ。諏訪家でもそうではないのか」

「確かにそういうふうに見ている者がおらぬわけではない。だが、定府の者たちの働きでお家の存続があるともいわれるからな。口ではいろいろいっておるが、江戸屋敷の重要さは家中の誰もがわかっていると思う」

左馬助が茶をがぶりとやった。

「内膳どのに敵はいないのか。たとえば国家老」

「そんな話はきいたことがありませぬ」

輔之進がいった。

「ふーん、そうなのか」

左馬助がちらと背後に目を向けた。すぐに手をあげ、こちらです、と呼びかけた。

重兵衛が振り返って見ると、堀井新蔵と娘の奈緒だった。

二人は重兵衛の前に来て、深々と辞儀をし、悔やみの言葉を述べた。

輔之進がいるのを見て、新蔵が軽く頭を下げた。

「婿から話はきいた。とりあえず仇討はとどまってくれたそうだな」

「日を延べたにすぎませぬが」

「すまなかった。重兵衛どののことはむろん存じていたが、悪気があって隠したわけじゃない」

「いえ、気にしておりませぬ。それがしも師範どののお立場だったら、同じことをしたと思いますから」

崇鏡寺の住職の紹薫《しょうくん》がやってきて、経をあげはじめた。いい声音の住職で、これなら俊次郎も迷うことなくあの世にいけるものと思えた。

重兵衛は俊次郎の冥福を祈った。再び涙が流れだしている。

第三章

一

「ご家老、お久しゅうございます」

乙左衛門《おとざえもん》は深々と辞儀をした。

「うむ、おぬしも息災そうでなによりだ。まあ、顔をあげろ」

乙左衛門はその言葉にしたがった。

「相変わらず顔色もいい」

目の前にいる石崎内膳は穏やかな笑みを口元にたたえている。脇息《きょうそく》が横に置いてあるが、それはつかわず、あぐらをかいている。

「いえ、最近は寒さがこたえるようになりました。ですから、今日のようにあたたかな日はとてもありがたく思えます」

二人が向かい合って座る座敷の庭に面している障子はあけ放され、そこから晩秋のやわらかな風が吹きこんでくる。今日は寒さが幾分かやわらぎ、この時候にしてはかなり陽射しが強くなっている。

「そんな歳でもあるまいに……いくつになった」

「五十三に」

「商売はどうだ。繁盛しておるか」

「どちらのでございますか」

「浜松町《はままつちょう》でやっているほうだ」

乙左衛門は小さく首をひねった。

「まずまずというところでございましょうか。最近はどこを見まわしても手習師匠ばかりで、競《せ》りが激しいなか、手前は健闘しているほうではないか、と思います」

「教えぶりは厳しいのであろう」

「怖いぐらいのほうが親が喜びますので。手前は、しつけは徹底して教えこみます。どこへ奉公にだしても恥ずかしくない子供に成長いたしますよ」

「表の顔としては最適だな」

「はい、我ながらいい隠れ蓑を得たものと思っております」

内膳が身を乗りだすようにした。

「しかし長いな。つき合いはもう三十年になるか」

「おや、どうされました」

乙左衛門は笑いかけた。

「いつもはそのようなこと、おっしゃいませんのに」

「わしも歳を取ったということであろうな」

「ご家老が十八の年ですから、正確には三十一年のおつき合いということに」

「まだ主家をうらんでおるのか」

「滅相もない。そんな気持ちがあるのでしたら、ご家老とこうしてお話しすることなどございません」

乙左衛門は十徳の襟元をさりげなく直した。

「大名家の跡継争いなどよくあることとは申せ、あのときはよくぞ我慢してくれた」

「いえ、放逐《ほうちく》され、むしろせいせいしたというのが本音でございますよ。ご家老がお気に病まれることなどございません」

「そういってもらえると助かるが……」

「幸寿丸《こうじゅまる》さまはお元気でございますか」

乙左衛門が話題を変えるように問うと、内膳は相好を崩した。

「むろんよ。顔を見てくれるか」

すばやく立ち、奥の襖をあけて座敷を出ていった。

待つほどもなく戻ってきた。腕に男の子を抱いている。

「どれ、乙左衛門に顔を見せてやれ」

どかりと腰をおろした内膳が、顔をのぞきこむようにして男の子にいってきかせる。

「大きくなられましたな。おいくつになられましたか」

内膳にようやくできた跡取りだから歳がいくつかなどむろん知っていたが、乙左衛門はあえてきいた。

案の定、内膳は顔をほころばせた。

「もう五つよ。はやいものだ」

ややたれ気味の大きな目がじっと乙左衛門を見つめている。

「五つにしては大きいほうでいらっしゃいますな」

「なにしろ食がいい。いったい誰に似たものやら」

「やはりご家老にでしょう。そして聡明そうなところも」

「うれしいことをいってくれる」

内膳は笑みを漏らしたが、瞳に凄みのある光を宿した。

「乙左衛門、わかっておるだろうが、この子のためならわしはなんでもするぞ」

乙左衛門は深くうなずいた。

「どれ、幸寿丸、戻ろうか。乙左衛門もおまえの顔を見て、満足してくれたようだぞ」

内膳は幸寿丸を片腕に抱いたまま楽々と立ちあがり、再び襖の向こうに消えていった。

「待たせたな」

腰をおろした内膳は脇息にもたれた。

「さすがに疲れるな。だいぶ重くなって、腕が痛いわ」

内膳は苦笑したが、すぐに表情を厳しいものにした。

それを見た乙左衛門も口元を引き締めた。

「やつを殺れるか」

静かな口調できいてきた。やつが誰か、きかずとも乙左衛門にはわかっている。

「いつでも」

即答した。

「今度は罠にかけるなど煩わしいことはせず、命をいただく所存でおります。そのことは以前、やつの友垣にも警告いたしました。……あちらはどうされたのです」

内膳はいまいましげな顔つきになった。

「心変わりをしおった。やつに憐れみをかけおった。ああなっては、やつを討つことなどもはやできまい。やはり若すぎたか」

苦々しげに顔をゆがめた。

「せっかくやつを討つよう仕向けたというに」

「遠藤どのは」

「あいつは確かにすばらしい遣い手だが、もしあいつがしくじった場合、わしにじかに手が伸びてくる。それは避けねばならぬ。もしおぬしがしくじったとしたら、いやが上にもあいつの出番ということになるが」

「つまり、しくじりは許されないということでございますね。なるほど、よくわかりました。おまかせください」

「頼むぞ、乙左衛門。……いつかかる」

「今日中に手はずをととのえ、明日には」

乙左衛門は頭を下げた。

二

俊次郎の遺骸は崇鏡寺の墓地に葬られた。

村人たちが重兵衛に別れの言葉をいって、帰ってゆく。

「重兵衛」

真新しい土の盛りあがりの前に一人立っていると、左馬助がいった。

「一度帰って寝たらどうだ。もうだいぶ、眠っておらぬだろう」

「おぬしもだろう。長いことつき合ってくれてかたじけない」

「よせよ。おぬしだって同じことをしたはずだ」

重兵衛の腹に軽く拳を入れる。

「でも、本当に寝てくれ。目が赤いぞ」

左馬助は手をあげ、重兵衛がいいかけるのを制した。

「俺もそうだといいたいんだろう。俺も帰るよ。ちょっと眠らせてもらう。正直いうと、ぶっ倒れそうなんだ。一日半以上も寝てないなんて、いつ以来か思いだせぬほどだ」

左馬助は妻と舅《しゅうと》とともに帰っていった。

また来るよ、と重兵衛は心のなかで弟にいってから、きびすを返した。

白金堂に帰る道すがら、俊次郎の面影が頭に浮かんできた。

幼い頃から仲のいい兄弟だった。喧嘩はほとんどしたことがない。

ただ一度、と重兵衛は思いだした。取っ組み合いの大喧嘩をしたことがあった。

理由は些細なことだった。

あれは、重兵衛がまだ十歳そこそこの秋が深まりを見せてきた頃、隣家から柿のお裾わけがあったときのことだ。

重兵衛たちは母から五つずつもらうことができ、俊次郎と顔を見合わせて喜んだ。

柿が大好きな重兵衛は五つの柿を二日で食べてしまい、俊次郎が取っておいた最後の柿を見てどうしても我慢ができなくなって、隙を見て胃の腑におさめたのだ。

楽しみにしていた柿がなくなっているのを目の当たりにした俊次郎はどういうことか察し、殴りかかってきた。

激しくやり合ったが、ちょうど非番だった父にとめられ、事情をきかれた。

文句なしに兄のほうが悪いということになり、重兵衛は押入に入れられた。悪さをしたとき、父の仕置は必ず押入だった。

ただ、俊次郎に咎《とが》めがなかったわけではない。

やはり武家の常で、跡取りと部屋住には天と地ほどの差があり、いくら兄に非があるとはいえ、殴りかかってゆくなどもってのほか、と重兵衛の隣の押入に入れられたのだ。

結局父は、兄弟喧嘩をすればお互い損をするのだから仲よくしなさい、といいたかったのだろう。

あの喧嘩のあと、重兵衛たちはそれまで以上に仲がよくなったものだ。

白金堂に戻ってきた。

ふだんなら子供たちで一杯のはずだが、今日はがらんとしている。

自室に行き、眠れないのを知りつつも夜具の上に横たわった。目を見ひらいたまま、これからどうするかを考えた。

事情をきくなら、やはり主家の江戸屋敷を当たるしかないだろう。よし行ってみるか、と決意した。

今すぐにでも出かけたかったが、左馬助の忠告を思いだし、少し体を休めてから、と重兵衛は目を閉じた。

目が覚めたのは、外で誰かが呼ぶ声をきいたからだ。

はっとして起きあがる。どのくらい眠っていたのか。庭に面している障子をあけ、日の位置を確かめた。

まだ九つにはなっていないようだ。

また呼ぶ声がきこえた。重兵衛は教場に向かった。

入口のところに、あまり人相のよくない男がいた。目つきが鋭く、頰がそげたようになっている。

見覚えはない。心中で眉をひそめつつ、重兵衛は男に近づいた。

「なにか」

重兵衛がいうと、男はふんと馬鹿にしたような笑いを漏らした。

「旦那がお呼びだ」

「旦那とは」

「彦七さんだよ」

「彦七だと」

「呼び捨てかい。川田屋の旦那だ」

「なんの用だ」

「弁償してもらいたいってよ。あんたが暴れたおかげで、襖や障子、家財がだいぶ駄目になっただろ」

あのときの光景がよみがえる。

「どうして俺が弁償せねばならぬ」

「だってあんたのせいだろうが。まあ、俺は使いにすぎねえんだ。いいたいことがあるんだったら、じかにいってくんな。とにかく一緒に来てくれ」

「要求に応ずるかどうかは別にして、おまえさんの顔は立ててやろう」

重兵衛は白金堂を出て、男のあとについた。

「しかし、どうして彦七は今頃、そんなことをいってきたのだ」

なにか別の腹があるのでは、という警戒心が頭をもたげてきている。

「さあ、どうしてかな。旦那の考えは俺なんかにはわからねえよ」

男は道を西南方向に取っている。用水沿いに田畑のなかをのびている道を、男はひたすら急いでいる。

左手に、讃岐高松《さぬきたかまつ》で十二万石を領する松平家の広壮な下屋敷が見えている。あの屋敷のなかには、金比羅《こんぴら》社があることで知られている。

三田《みた》村に入った道は八町ばかりで茶屋《ちゃや》坂にかかった。ここから先は朱引外ということになり、中目黒《なかめぐろ》村に変わる。

「おい、品川に行くのではないのか」

明らかに方向がちがう。

「ああ、この先に別邸があるんだ。そこでお待ちだ」

別邸か、と重兵衛は思った。あくどく儲けている証以外のなにものでもない。

茶屋坂のいわれとなった坂の手前の茶屋は三代将軍家光《いえみつ》の気に入りで、鷹狩のたびに訪れたといわれている。その例にならい、歴代将軍も鷹狩を催すと、必ずその茶屋で休息を取るという。

坂をおりると、川にぶつかった。

目黒川だ。川に架かる田道橋《たみちばし》を渡り、渡り終えたすぐの道を左に折れた。

中目黒村のなかを歩く。はじめての村だが、家々が密集しており、かなり盛っている。

南西に進む道を、男は脇目もふらずに歩いてゆく。

道は下目黒村に入り、それまで以上に町人の姿が多く目につくようになった。

『目黒に名所が三つござる。一に大鳥《おおとり》、二に不動《ふどう》、三に金比羅』。

こういわれているように、この三つの名所がこの村にはかたまっており、遊山《ゆさん》の者が数多く訪れるのだ。

大鳥というのは村の鎮守の鳥明神《とりみょうじん》のことで、酉《とり》の市が行われることで知られる。不動というのはいわずと知れた目黒不動の滝泉寺《りゅうせんじ》で、門前となる下目黒町には大きな町が形成され、名高い料亭も数多い。金比羅は、金比羅権現として名のある高幢寺《こうとうじ》のことだ。

男は、高幢寺の裏からまわりこむような形で門前に出た道を西へ進んだ。

高幢寺をすぎると人けは一気になくなり、まわりは畑ばかりになった。下目黒村は小高い場所に位置しているため水に恵まれず、田には不向きときいている。

さらに行くと、畑も切れはじめ、林が多く目につくようになった。

さすがに重兵衛はじれてきた。

「別邸というのはどこにあるのだ」

「じきさ。そんなに苛つきなさんな」

男が右手を伸ばした。

「ほら、あそこに深い林があるだろ。あの先だよ」

一際大きな木々が集まった林で、そこだけ隔絶されているような雰囲気がある。

林の前に来て、男が足をとめた。

「俺はここまでだ。あとはこの道をまっすぐ行けば旦那が待ってなさる」

重兵衛は、枯れはじめた草に覆われている獣道を歩きだした。

静かな林のなかは日の光も届かず、薄暗い。大気はひんやりとしており、ここまで一里弱は歩いてきて汗ばんだ体にはけっこう肌寒く感じられた。

ときおり小鳥のさえずりが響いてくる程度で、この先に別邸があるとはにわかには信じがたい。

いきなり樹木が切れ、重兵衛は明るい陽射しに包まれた。まぶしさに目を細める。

まわりを木々に囲まれた草原だ。差し渡し一町ばかりある円形の草原のまんなかを、道が突っ切っている。

どうにも胸騒ぎがして、重兵衛は帰ろうかという気になった。しかしここで帰ったところでどうせまた呼びだしがあるだろう。面倒ははやくすませてしまったほうがいい。

かまわず歩を進めた。

草原に足を踏み入れて十歩ほど行ったとき、鐘の音がきこえてきた。

どうやら滝泉寺の時の鐘だ。鐘は、今が九つであることを教えた。

人の気配を覚え、重兵衛は立ちどまって前方を凝視した。

彦七が向こう側の林から姿を見せ、こちらに歩いてきた。

やっとあらわれたか、と重兵衛は近寄っていった。

なぜか彦七がおびえたような顔をしているのに気づいた途端、重兵衛は激しい殺気を感じた。姿は見えていないが、ぐるりを何者かに取り巻かれている。

木陰から四人の男が姿をあらわした。いずれも身ごなしが軽く、敏捷そうだ。忍び頭巾のような覆面に、忍び装束のような柿色の着物を身にまとっている。

どうやら彦七は、と重兵衛は思った。自分をおびき寄せるための餌《えさ》でしかないようだ。

重兵衛は、男たちに見覚えがあった。

高島で国家老の屋敷を訪ねる前、僧体の男を守っていた連中だ。まちがいない。

男たちは長脇差の抜き身を手にしている。

重兵衛は脇差を抜き、正眼に構えた。

弟を殺したのはこいつらではないのか。そんな思いが泡のように浮かんできた。

捜すより先に姿を見せてくれた。ありがたいことこの上ない。

戦意が雷鳴のように激しく心の内に轟き渡る。

男たちがまわりを取り囲んだ。

このなかに、先ほど案内してきた男もいるのではないか。あの男は川田屋の者などでは決してない。

重兵衛は、わずかにのぞく忍び頭巾の目を次々に見つめた。

はっきりとは見定められなかったが、一人そうではないかという男がいた。よし、こいつから殺ろう、と心に決めた。

目をつけられたことをさとったか、その男が跳躍した。長脇差を空中から叩きつけてくる。

重兵衛は鋭く弾き返した。

左手から近づいてきた敵が袈裟に振りおろす。重兵衛は体と同時に脇差をまわし、斬撃を撥ね返した。

正面にまわったさっきの男が突きを繰りだしてきた。重兵衛は姿勢を低くして避け、脇差を横に払った。

男は海老《えび》のようにうしろに飛びすさった。重兵衛は追い、上段から打ちおろした。

男は右横に動いて重兵衛の脇差をよけようとした。

思う壺だった。重兵衛は振りおろした脇差を手首をひねるように反転させ、男が動く方向へ持っていった。

斬られることをさとった男の顔が忍び頭巾のなかでゆがんだ。

だが、脇差は男に届く前に撥ねあげられた。別の男がのばした長脇差がぎりぎり間に合ったのだ。

重兵衛は長脇差を打ち払い、男を執拗に追った。

男は崩れている体勢を立て直そうとしていたが、眼前に脇差が振られたことを知ると、地面にへばりつくようにかわした。

男を追いかけるのはここまでだった。他の三人が背後に貼りつこうとしている。これ以上深追いすれば、背中を斬り割られる。

重兵衛は振り向いた。

突きが目の前に迫っていた。顔を振って避け、脇差を逆胴に払った。

脇差の間合をはずして男は重兵衛の真横を駆け抜け、すれちがいざま胴を狙ってきた。

重兵衛は体をひねってよけ、遠ざかろうとしている男の背中に脇差を打ち落とした。

わずかに届かず、今度は左方向から男が寄ってきた。

重兵衛は逆袈裟に脇差を振るい、突きだされた長脇差をびしりと打ち落とした。

重兵衛は一人も逃がさない決意で戦っているが、四人は入れ替わり立ち替わり襲いかかってくるものの、重兵衛の疲れを待つかのような戦いぶりだ。

このまま振りまわされ、体力を消耗させられたら結果は見えている。

重兵衛は実際、疲れを覚えはじめている。

狙いにはまってしまったか……。

重兵衛は脇差を正眼に構えたまま、息を入れようとしたが、男たちは許さなかった。

次々にかかってきては長脇差を振ってくるが、重兵衛の間合に完全に入りこんではこない。重兵衛は、相手が自分のことをよく知っているのを感じた。

狼が狙いをつけた大鹿を追いこむように、男たちは戦っている。大角にやられぬよう細心の注意を払い、しかし体力だけはなし崩しにつかわせて弱るのを待つ。

男たちの動きは鋭さを増してきている。重兵衛はいくつか手傷を負っている。どれも致命傷とはほど遠い傷だが、そこから雨漏りのように力が少しずつ抜けてゆく。

すでに息は荒く、肩が激しく上下している。腕にも鈍くしびれが走っている感じで、脇差がこんなに重い物であることをはじめて知った。

このままでは確実にやられるな、と重兵衛は思った。それにしても、こんな単純な罠にかかるとは。自らに愛想が尽きかけた。

男たちは重兵衛の弱りぶりを確かめるかのように動きをとめ、じっと見ている。

ここで最期を迎えるのか。いかにもお似合いだな、と重兵衛は自嘲気味に考えた。

なにをやっているのです。

怒鳴りつける表情の俊次郎の顔が目の前に浮かんできた。

なに弱気なことをいっているのです。それがしの仇を討つのではなかったのですか。

その通りだった。重兵衛は体に力がみなぎるのを感じた。まだこれだけの力が残っていたことに驚きを覚えた。

それなのに弱音を吐くなどしたから、見かねて俊次郎は出てきてくれたのだろう。

重兵衛は気合を入れ直した。

脇差を右手だけで握った。今は形などにこだわっている場合ではない。

そうなのだ。自分には諏訪真伝流《しんでん》の地蔵割《じぞうわ》りという必殺剣があるのに、脇差が折れるのを怖れてつかわなかった。

そんな覚悟でこの男たちを殺れるはずがないのだ。

重兵衛は一気に盛り返した。それまでとはくらべものにならないほど、男たちの動きがはっきりと見えた。

重兵衛は押しまくった。右にいる男の覆面を脇差がかすめ、頰を斬られて顔を振った男がふらついて地面に膝をつきかけた。左の男の忍び装束の脇腹のあたりに切れ目ができ、そこから血が噴きだした。

三人目の男の長脇差を腕から弾き飛ばし、丸腰にした。さらに最後の男の左肩に浅手を負わせた。

四人は、重兵衛を囲んだまま動けなくなった。

重兵衛はさらに戦おうとする姿勢を見せた。

脇差を振りあげ、正面にいる男に向かって飛びこもうとした。

「引けっ」

一人があわてたようにいい、男たちは身をひるがえした。そのままあっという間に草原を去り、林のなかに消えていった。

重兵衛に追いかけるだけの体力は残っていない。

息が切れて、胸が苦しい。動悸が経験したことのないほどの勢いで打っている。これまでどんなに苦しい鍛錬を重ねても、ここまで激しくなることはなかった。心の臓が破裂するのでは、とすら思えた。

重兵衛は疲れきって、地面に両手をついた。息を吐き続ける。

はっと、頭のなかを冷たい汗のようなものが走った。背筋に薄ら寒さ。

誰かがじっとこちらを見ている。それも一人ではない。

四人の戦いぶりが心に戻ってきた。まさか、これを狙っていたのではないか。

やつらは狼ではなかった。獲物を追いつめる猟犬だったのだ。

体に残っているすべての力を吐きださせることこそが目的だったのだ。

とっさに頭を低くする。しゅっ、と風を切る音がきこえ、なにかが今まで頭のあったところを通りすぎた。

それが二間ほど離れた地面に突き立った。

このまま同じ場所にいては危ない。重兵衛は転がってその場を移動した。

ちがう方向からまたも風を切る音がし、びしと矢が土に突き刺さった。

それからさらに二本、別の場所から矢が放たれた。

重兵衛はかろうじてかわしたが、この草原がなぜ選ばれたのかを知った。身を隠すところがないのだ。

どこに敵がいるのかもわからない。樹上にいるのははっきりしているが、どの木にいるものなのか。

仮にわかったとしても、こちらから攻撃に出るすべはない。飛び道具は、所持しているほうがはるかに有利なのだ。

重兵衛はほかよりわずかに丈の高い草むらに身を投じた。身を伏せたまま動けない。

弓を手にした者たちは、重兵衛がどこにいるかわかっているはずだ。

草がぎりぎりで体を隠してくれているが、矢は鉄砲と異なり、弧を描ける。つまり頭上から落とせるのだ。しかも続けざまに放つこともできる。音がほとんどないから、人に気づかれることもない。

やつらは、これでもかといわんばかりの周到さで重兵衛を死の網に引きこんだのだ。ここで確実に息の根をとめる心づもりでいることを重兵衛はさとっている。

どうすればこの窮地から逃れられるか。

出た結論は、草原を走り抜けるしかなさそうだ、というものだった。しかし、まだそれだけの力は体に戻っていない。

夜を待つしかない。闇の厚い壁が体を隠してくれるまで、じっとしているしかない。どこからか矢が飛んできた。ほんの二寸ほどはずれた場所に突き立ったが、重兵衛は我慢して動かずにいた。

きっとやつらは見失ったのだ。だいたいの場所は把握できているのだろうが、どこに身をひそめているか正確にはわからなくなっているのだ。今の矢は、おそらく様子見だ。

それから続けざまに矢が飛んできた。当たりそうになったのもあったが、かすかに体を動かすことで、重兵衛はなんとか避けた。

このままやつらに居場所をさとらせずにいればいい。そうすれば望みはある。

さらに矢が数を増して降ってきた。最初は重兵衛のそばに落ちていたが、徐々に刺さる場所は遠ざかりつつある。

不意に、雨がやむように矢が来なくなった。それでも重兵衛は動かず、神経をとぎ澄ませた。

なにかが近くにいる。人であるのがわかった瞬間、いつの間にそこまで、と驚くほど近くに黒い影が立った。

さっきの四人組だ。

いや、新手だ。忍び装束のどこにも切れているところがない。

重兵衛は立ちあがった。

万全とはとてもいえないが、それでも体に力は戻りつつある。

重兵衛は正面の敵に、地蔵割りの剛剣を見舞った。男は受けたが、長脇差は真っ二つになり、脇差は忍び頭巾を斬り割って頭蓋《ずがい》にめりこんだ。忍び頭巾を突き破るように目の玉が飛び出てきた。

重兵衛がすかさず脇差を引くと、男はその場にうつぶせに倒れた。

重兵衛は、次はまちがいなく折れる脇差を捨て、息絶えた男から長脇差を奪い取った。

無言の気合を発して別の男が躍りかかってくる。重兵衛は再び地蔵割りを浴びせた。

がきん、という強烈な手応えのあと、魂を自らの体から放した男が地面に崩れ落ちようとする。

重兵衛はその体を抱きとめ、長脇差をむしり取った。

次の男に向かう。いや、すでに視野から消えていた。残りの二人は逃げ去っていた。

一瞬の静寂が体を包む。びしっと弦《つる》が矢を弾く音が耳に届いた。

重兵衛はかがみこんだ。背後から同じ音がした。地面にすばやく横たわる。矢が肩をかすめて通りすぎた。

腕を伸ばして死骸をつかみ、ずるずると近くに持ってきて盾《たて》にした。

忍び頭巾をはぎ取る。目が飛び出ているため人相は変わってしまっているが、これまで一度も会ったことのない顔だ。

こいつらは、と重兵衛は思った。忍びそのものではないのか。

戦いぶりがなんといってもそうだ。無言で斬りかかってくるのは、昔祖父からきいた軍記物の話に出てきた忍者のやり口ではないか。

戦国が終わってもう二百年以上がたつのに、忍びとは。江戸城にいる伊賀《いが》や甲賀《こうか》といった忍びの末裔《まつえい》たちですら、とうに先祖の技など失ったときくのに。

こいつらは戦国に生きているかのような技を身につけ、つかいこなしている。

だとすれば、夜を待つなど愚の骨頂だ。やつらはまちがいなく夜目がきく。不利になるのはこちらだ。

いったい何者なのか。

かすかな風のざわめきを重兵衛は感じた。虫のうごめきのような気配がまわりに満ちはじめている。

重兵衛は手の内の長脇差を握りしめた。

草の陰に身を寄せながら、敵が何名いるのか重兵衛は必死に探った。六名か。七名だ。いや、もっといる。弓の射手を減らし、こちらにまわしたのかもしれない。

重兵衛はかすかに火薬の臭いを嗅いだ。鉄砲か。それもかなり近くまで迫ってきている。まさか鉄砲まで用意しているとは。しかも一挺ではない。三挺はある。

重兵衛は腹を決めた。囲まれたら、確実に殺られる。呼吸をとめ、間をはかった。心のなかで一、二と数を数え、三で立ちあがった。左腕には、かき集めた矢を五本握りしめている。

重兵衛が立ちあがると同時に、男たちもいっせいに姿を見せた。忍び頭巾と忍び装束の男が十名ほどいた。

そのなかで鉄砲を構えた者は三名。

重兵衛はそのうちの一人に、右手に持ち替えた一本の矢を投げつけた。左の鎖骨の下あたりに突き刺さったのが見えた。男は鉄砲を取り落としかけたが、すぐに体勢を立て直そうとした。重兵衛は矢をもう一本投げた。

右目に突き刺さり、男は顔を手のひらで覆った。

さらに、斬りかかってきた男の刀に合わせ、地蔵割りの剣を見舞った。男は悲鳴一つあげることなく眼前から消えた。

やれっ。直後、背後から鉄砲の音がした。やられた、と思ったが、体をひねって半身にしたのがかろうじて間に合い、玉は左腕をかすっていった。

重兵衛は、長脇差をもう一人の鉄砲放ちに向かって投げた。今にも放とうとしていた男は鉄砲で長脇差を撥ねあげた。

重兵衛はだっと前に走った。男たちがあわてて長脇差を振りおろしてきたが、すべてかいくぐった。まるで俊次郎の魂が乗り移ったかのようで、背後の敵の動きまでがはっきりと見えていた。

鉄砲放ちの顔を殴りつけ、鉄砲を奪った。鉄砲など持つのははじめてだったが、どれが引き金かなど教えられずともわかる。

背後の木から矢が放たれた気配。重兵衛は勘だけで首を下げた。右肩のやや上あたりを鳥のように行きすぎてゆく。

一瞬、矢の射手を撃ち殺そうかとの思いがわいたが、素人《しろうと》の自分が鉄砲を放ったところで当たるはずがない。

手近の男に向けて撃った。轟音が耳をつんざく。肩がもげるのではと思えるほど強烈な衝撃。

男は腹のあたりに大穴をあけて、うしろに吹っ飛んだ。

重兵衛は鉄砲を振りまわしつつ、男たちのまんなかに突っこんだ。振りおろされ、突きだされる長脇差を全部撥ね返した。

そのまま足をとめることなく突進を続け、玉ごめを終え構えようとした最後の鉄砲放ちの顔を鉄砲で殴りつけた。

男は背中から地面に倒れこんだ。新たな鉄砲を手にし、重兵衛はくるりと振り返った。

男たちの動きがぴたりととまる。

足元に倒れている男を人質にしようかとの考えも浮かんだが、忍びというのは人質などおかまいなしに攻撃を仕掛けてくる、と祖父はいっていた。これまでの戦いぶりを見れば、それも十分すぎるほどにうなずける。

木の上で弦を引きしぼっているのはおそらく三名。今にも放ってくるのでは、と思うと気が気ではない。

目の前の男たちは七名に減っていた。重兵衛はさっきの、やれ、という言葉を思い起こしている。この七名のうちの一人がおそらくは首領だろう。

どいつなのか。首領を人質にできれば、いくらなんでも手をだしてはこないはずだ。

一人、これはという男がいた。忍び頭巾からのぞく目に見覚えがある。あの晩、血の臭いをさせていた僧体の男。

重兵衛にさとられたことを知ったか、男の目の色が微妙に変わった。その瞬間、重兵衛は男に鉄砲を向けた。

他の男たちが首領を守ろうと立ちはだかる。男たちの壁が崩れた。

重兵衛は鉄砲を放ちざま、壁が途切れたところへ突っこんだ。筒先から煙を吐いている鉄砲を捨てる。胸を押さえて横向きに倒れてゆく一人の男が目の端に入った。

一気に林に向かって駆けだす。

矢が背中を追いかけてきた。一本、二本、と避けたが、三本目が右腕をかすった。四本目が左腕に刺さった。

痛みにつんのめりそうになったが、こらえて走り続けた。横からも矢が来た。ぴしっと音をさせて頬をかすめてゆく。

祖父は、忍びの矢には毒が塗られていてな、といっていた。とりかぶとの毒だ。

背筋が寒くなったが、体自体に変調がないのを見ると、どうやら毒はしこんでいなかった様子だ。

あと二間で林というあたりまで来たところで、背後に男たちが迫った。

斬りかかってきたのを察した重兵衛は振り向き、体を低くして男の懐に飛びこんだ。柄《つか》をつかんで斬撃をとめ、力を振りしぼって長脇差を奪おうとした。

さすがに男も離さない。両手をあげて、もみ合う形になった。

「このまま殺れっ」

男が叫ぶ。

「俺ごと突き通せ」

冗談ではなかった。

重兵衛は柄から手を離すや、男の腹に拳を叩きこんだ。男は忍び頭巾のなかで苦悶の表情を浮かべたが、長脇差は手放そうとはしない。

背後から男が長脇差を槍のように構えて走り寄ってきた。

重兵衛は避けたが、長脇差が左腕の矢に触れた。激痛が体を走り抜ける。

重兵衛は脇を走り抜けようとする男の首筋に手刀を浴びせ、男が猪のように四つんばいになった背中を足で踏みつけた。前に伸びた腕から長脇差を奪おうとしたところで、新手が長脇差を胴に振ってきた。

重兵衛はうしろに飛んで避けた。

横にいた別の男が上段から長脇差を落としてきた。重兵衛は今度こそとしっかり間合をはかり、斬撃をかわした。瞬時に反撃に移り、男の柄を握る手を手刀でびしりと叩いた。

長脇差を取り落としはしなかったものの、腕の力がゆるんだのを見て、重兵衛は男に体を密着させ、投げを打った。

男は重兵衛にしがみついてこらえようとしたが、その力を利して重兵衛が逆に投げると崩れるように地面に転がった。

重兵衛は拳を相手の腹に叩きこんだ。男はうっとうなって、気絶した。

重兵衛は男の手から長脇差を奪い、正眼に構えた。

残ったのは首領と思える男を入れて、五人。

「引けっ」

首領が手を振る。男たちは重兵衛をにらみつけつつ、気を失った男を抱き起こし、下がりはじめた。

その姿はあっという間に深い樹間の闇の向こうに消えていった。

重兵衛は背後に人の気配を感じ、はっと振り返った。

やつらが姿を消したわけがわかった。重兵衛が長脇差を手にしたこともむろんあったのだろうが、林の向こうからこちらをこわごわうかがっている三人の百姓がいたのだ。続けざまの鉄砲の音に、なにごとかと様子を見に来たのだろう。

助かった。重兵衛は大きく息を吐いた。このままうしろにぶっ倒れてしまいそうな疲労が体を包んでいる。

「あんた、大丈夫かね」

近づいてきた三人のなかで、最も年かさと思える男が声をかけてきた。

「ええ、なんとか」

声をだすのも億劫《おっくう》だった。

「いったいなにがあったんだね」

矢の刺さっている重兵衛の腕を指さす。

「はやく抜いたほうがいい。傷が化膿《かのう》したらえらいこった」

男は心配そうな眼差しをしている。横で、もう一人も同じ表情だ。

「矢だけじゃねえ、そこらじゅう、傷だらけじゃねえか」

「ああ、なにがあったか知らねえが、うちに来るかい。焼酎《しょうちゅう》で傷も洗える。なんなら肩を貸すよ」

「ああ、それがいい。でもその前に、そのおっかねえのをどかしてくれねえかな」

目は重兵衛が握る長脇差に当てられている。

しかし今はまだ手放すわけにはいかない。重兵衛はおや、と思った。もう一人の百姓はどこに行ったのか。

いきなり背後で剣気が盛りあがった。同時に、両側にまわった二人から匕首が突きだされる。

重兵衛は前に転がった。まだこれだけの力が残されているのを不思議に感じた。

重兵衛は立ちあがり、敵がそこに来ているという予測のもとに長脇差を横に振った。

しかし空を切った。男たちは消えていた。

長脇差を握ったまま、重兵衛はしばらくまわりをにらみつけていた。

気配はもうどこにもない。

本当に引きあげたのか……。

信じられない思いだった。やつらが張りめぐらした幾重もの罠を、自力で打ち破ったということに、実感がわかない。

重兵衛は腕に突き刺さっている矢を根元近くで折った。激痛が走ったが、矢を刺した姿のまま人目のある通りには出られない。

やや痛みが去ったのを確かめてから、矢の刺さっているところを袖で隠して歩きはじめた。夜が来ないうちに、この林から遠ざかっておいたほうがいい。

いくつか転がっている死骸は、祖父の話通りなら、きっとひそかに片づけられてしまうのだろう。

林を抜け、人通りが多くなったのを確かめたところで長脇差を捨てた。

身辺に気を配りつつ、下目黒村まで来た。

最初に行き合った百姓に、医者がいないかきいた。お不動さんの近くに腕のいいお医者がいらっしゃるよ、とのことだった。

医者はすぐに見つかった。表通りからは一本はずれた裏通りの一軒家だ。

入口を入る前、まさかここもやつらが張った罠の一つでは、と重兵衛は疑念に駆られたが、いくらなんでも考えすぎだろう。

それなりに繁盛している様子で、なかは混み合っていたが、さっそく診てくれた。

「なにがあったんだね」

医者が折れた矢を見つめて、きく。

「遊山に来て山に入っていたら、急に矢が飛んできたんです。獣にまちがわれたんじゃないでしょうか」

さすがに医者はいぶかしげな顔をした。とても人を納得させられるいいわけではないのは重兵衛も自覚しているが、ほかに言葉も見つからなかった。

「だいぶ痛いよ。我慢できるかな」

医者はやっとこみたいなものをつかって、矢を引き抜いた。卒倒しそうだったが、重兵衛はうめき声一つあげることなく耐えた。

「ほう、たいしたもんだね。あんた、もとは侍じゃないのかね」

重兵衛は答えなかった。

「痛くてしゃべれんか。ちょっとしみるよ」

焼酎で傷口を洗った。それから膏薬《こうやく》を塗り、晒しを巻いた。

「ほかも手当しとくかね。ずいぶんいろんなところから矢が飛んできたみたいだな」

医者は快活に笑っている。

「顔は泥んこ遊びをしたみたいに真っ黒だし、着物は熊を相手にしたみたいにぼろぼろだ」

重兵衛はほかの傷を見た。どれも化膿するようなことはなさそうな傷だ。

重兵衛は代をきいた。二朱といわれ、たじろいだ。

「高いかね。代金分の仕事はやってあげた自負はあるよ」

その通りだ。重兵衛は懐から巾着を取りだした。あれだけ激しく戦ったのに、ちゃんとそこにあったことに感謝した。

医者の家を出て、道を歩きはじめる。

すでに日は暮れはじめており、影が道に沿って伸びている。

生き延びられた自信からか、その影はたくましく感じられた。

三

村まで来て、重兵衛はほっとしたものを覚えた。それまでずっと気を張って歩き続けてきたのだ。

白金堂まであと一町ほどというところまで来て、足をとめた。

濃厚な闇の向こうに、得体《えたい》の知れない者たちの気配が漂っている気がする。

むろん、勘ちがいかもしれない。警戒心が、ないものを感じさせているだけかもしれない。

だが、これ以上近づく気にはならなかった。

もしなかに入ったところに火をかけられたら、という恐怖がある。そのくらいは平気でやる連中だろう。

師匠が愛した建物を自分のせいで失うわけにはいかない。村人に迷惑をかけたくもない。

自らの勘を信じた重兵衛はきびすを返した。

さてこれからどうするか。左馬助のところに行くか、と考えたが、そちらにもやつらの手がまわっているかもしれない。

村は、夜のゆったりとした流れにどっぷりと浸かっている。行きちがう人もいない。朝のはやい百姓衆はみんな眠りのなかなのだ。

田左衛門の屋敷はどうだろうか。おそのもいる。あの笑顔を見たかった。だが、もしやつらに嗅ぎつけられたら。

結局、雷《いかずち》神社の本殿の床下をその夜のねぐらとした。やつらも、いくらなんでもここまでは来ないだろう。ずっとつけられていたなら話は別だが、そんな気配はこれまで一度も感じなかった。

左腕の傷は少し熱を持っているようで、うずいている。重兵衛は床下の柱にもたれた。湿った土の臭いが鼻をつく。

襲ってきたやつら。あの連中が、あの夜と同じ者たちであるのはまちがいない。

しかし、どうしてこうまで執拗に狙ってくるのか。

寒い。体を両手で抱き締めるようにして目を閉じる。

気がつくと、鳥の声がしていた。

あわてて立ちあがろうとして、頭を床にぶつけそうになった。

床下を這いずって顔を突きだし、慎重にあたりを見まわす。

境内にやつらの気配はない。ほっとしたが、こんなときに寝入ってしまった自分に重兵衛はあきれた。

日がのぼって、かなりときがたっている。もう五つをすぎているのではないか。

今日は何日なのだろう。十月二十八日だ。

腹が減っていたが、今はどうすることもできない。

喉の渇きのほうは、境内にわく水で癒すことができた。白金村も水に恵まれているとはいいがたいが、この神社には、馬なら一息に干してしまうくらいのわき方ながら、泉がある。まわりを鬱蒼《うっそう》とした杉の大木に囲まれているせいかもしれない。杉には水を引き寄せる力がある、と耳にしたことがある。

左腕からうずきは消えていた。あの医者の腕は確かだった。

雷神社を出て、歩きはじめる。むろん、用心はおこたらない。ただ、腰に脇差一つもないのは心許ないものがあった。

懇意にしている百姓衆には出会わなかった。刻限が刻限だけに、働き者ぞろいの百姓衆はとうに畑に出ていて、道をのんびりと歩いている者など一人もいないのだ。

重兵衛は、白金堂とは逆の方向へ向かっている。

左手から射しこむ太陽の光を浴びつつ、早足で歩いた。およそ四半刻ばかりで品川宿に着いた。

その足で川田屋に向かう。

店は閉まっていた。なにかあったというわけではなく、夜がおそいだけに、今まさに深い眠りのさなかといったところらしい。

締めきられた雨戸を乱暴に叩く。なんの応えもない。重兵衛はかまわず叩き続けた。

やがて、雨戸の向こうに人が立った気配がした。

「すいませんが、まだなんですけどねえ」

投げやりな声がした。

「昼からなんで、出直してくだせえ」

「彦七はいるか」

「どなたですかい」

重兵衛は答えた。

「白金村の手習師匠だと」

声が荒いものに変わった。

「なんの用でえ」

「彦七に会わせろ。さもないと、雨戸をぶち破るぞ」

「ちょっと待ってな」

あわてて男が奥に駆け去ったのがわかった。

重兵衛の背後を、宿場の住人らしい者たちが行きかう。重兵衛を見る目が、こんな朝っぱらから好きだねえ、といっている。

鼻を鳴らして野良犬が寄ってきた。重兵衛を見あげて、くーんと鳴く。餌をねだっているようだが、空腹は重兵衛も同じだった。

「すまぬな、俺が恵んでもらいたいくらいなのだ」

重兵衛の言葉を理解したように犬はふらふらと歩きだし、路地を曲がっていった。

重兵衛は、雨戸の向こうに再び人が立ったのをさとった。じっとこちらの気配をうかがっている。

「彦七。とっととあけろ。ぶち破るぞ」

がらがらと雨戸があいた。

「あんた、やっぱりただ者じゃないね」

重兵衛の顔を見るなり、いった。日の光に目をしばたたいた。眠そうな顔をしている。

「生きていなすったか。入るかい」

うなずいて重兵衛は足を踏み入れた。

この前の男たちがずらりと顔をそろえていた。いずれも凶悪そうな目でにらみつけてきているが、昨日の今日だけに、重兵衛にはどこかかわいげさえ感じられた。

男たちのなかに、昨日、重兵衛を案内した者はやはりいなかった。

家はすっかり片づいていた。

彦七に導かれ、重兵衛は二階にあがった。奥の座敷に向き合って座る。

「茶でも飲むかい」

「いらぬ。昨日のことを話してもらおう」

「ああ、なんでもきいてくれ」

「誰に頼まれた」

「知らねえ人だよ」

その虚無僧《こむそう》が訪ねてきたのは、四つ前だったという。彦七は寝起きも同然で、自分の部屋で煙管《きせる》を吸いつけており、客だといわれて下におりていったら、天蓋《てんがい》をかぶった僧侶が道脇に立っていた。

五両払うからあの場に行くように頼まれたとのことだ。

「まさか、おまえさんが来るとは思わなかったよ。五両だっていうんで、それだけでもうまともな仕事だとは思わなかったがね。怖さはさすがにあって、肝は縮みあがっていたが、五両っていうお宝ぶら下げられて、断る馬鹿はいねえよ」

いきなり斬り合いがはじまったのに仰天して、あわてて逃げだしたとのことだ。

重兵衛には、彦七が嘘をいっているようには思えなかった。

「あんな連中に命を狙われるなんて、おまえさん、いったい何者だい」

重兵衛は答えず、立ちあがった。

四

「申しわけございません」

乙左衛門は両手をつき、深々と頭を下げた。

「しくじりました」

石崎内膳はむずかしい顔で、腕を組んだ。

「どういう手立てを取ったか、申してみろ」

乙左衛門は話した。

「そこまで網を張って、破られたのか。何名やられた」

「五名です」

乙左衛門はつぶやくように答えた。

「やつは、そんなにすごい遣い手か」

「手合わせは二度目でしたが、手前が予期していた以上でした」

「腕があがっていたのか」

「と申しますより、我らに対する復讐心と申しましょうか、それが猛烈な戦意につながったように感じます」

「弟を殺したのがまずかったかな」

乙左衛門は黙りこんだ。

「だが、殺さずにおくわけにはいかなかったしな」

乙左衛門としては、弟の死骸を放置などせず、どこかに隠せばよかったのだ、という思いがある。そうすれば、やつに弟が死んだことが伝わりはしなかった。

「どうだ、またやれるか」

内膳がやわらかな口調できく。

乙左衛門は首を横に振った。

「なぜだ」

「内膳さまがどうしてもといわれるならやりますが、また同じ結果が待っているのでは、という気がいたします」

「弱気だな、乙左衛門らしくもない」

「あの鬼神のような戦いぶりをごらんになれば、内膳さまにも手前の心持ちがきっとおわかりいただけるものと」

「五人も殺されてそのままでよいのか。仇討は考えんのか」

今度は怒らせにきた。

「むろん、やつをこのままにしておく気はありませんが、今は無理ということです」

ふむ、と内膳は鼻から太い息を吐いた。

「どうしてもやれぬと申すのだな」

「申しわけございません」

内膳と組んでから、どうもへまばかりしているように乙左衛門には感じられる。この男の運のなさが、自分たちにじかに響いてきているように思えてならない。

乙左衛門には、江戸家老の命脈が尽きかけている気がしないでもない。はやいところ手を切り、共倒れは防がねば、という気持ちにもなりつつある。

あの夜だって、内膳からのつなぎがしっかりなされていれば、あと始末を配下にまかせて一人歩いていたとき、あんな形で興津重兵衛と会ってしまうことはなかったのだ。あの思いがけない出会いがなければ、こんなことにはならなかった。

「わかった。こちらでやつの息の根をとめるしかあるまい。乙左衛門」

呼びかけてきた。

「やつがどんな剣をつかったか、戦いぶりを詳しく申せ」

「遠藤どのをおつかいになるので」

「仕方あるまい。ほかに手がない」

「遠藤どのはどの程度遣われるのです」

「興津の上を行くかどうかわからぬが、遣うことは相当遣う」

危うい気がしたが、乙左衛門はなにもいわなかった。

ふん、と内膳が鼻で笑った。

「危ぶむ顔つきだが、やつには秘剣がある。あの秘剣はいくら興津重兵衛といえども防げまい」

どんな秘剣か気になったが、乙左衛門はなにもいわず黙っていた。

五

川田屋を出た重兵衛は東海道を東へ歩きはじめた。

芝口《しばぐち》一丁目まで来たが、芝口橋は渡らず、汐留橋《しおどめ》を通って三十間堀《さんじっけんぼり》の右側を歩いた。

やってきたのは木挽町である。

あたりを用心深くうかがいつつ、四丁目に足を進める。

諏訪家三万石の上屋敷の界隈を、知った顔がいないか探した。

ただ、腹が減ってめまいがしそうだった。これ以上我慢しても仕方なく思え、重兵衛は道を戻って、手近の一膳飯屋に入った。

腹を満たした重兵衛はさらに一刻以上、上屋敷の近くをうろついて、ようやく一人の男を見つけた。

なぜやつが江戸に……。

供も連れず、一人で歩いている。どういう理由で江戸に来たのか知らないが、とにかく好都合だった。

重兵衛は、自分に気がついている者がいないか細心の注意を払った。

大丈夫だとの確信が心におさまったとき、うしろから近づき、声をかけた。

「おい、平之丞《ひらのじょう》」

男はびっくりしたように振り向いた。その目がさらにみはられた。

半年ぶりだから当然だろうが、顔はほとんど変わっていなかった。少し気が小さいのをあらわす驚きぶりも以前と同じだ。

重兵衛はうれしくて、小さく笑みを見せた。

平之丞もつられたように笑顔になったが、気づいたように表情を引き締めた。

「興津、やっぱり生きていたのか。今までどこでなにをしていた。それにしても――」

目を丸くして重兵衛を見つめた。

「おぬし、よく俺の前に出てこられたな。とらえられるとは思わぬのか」

重兵衛が答える前に平之丞は頬を人さし指でぽりぽりかいた。

「まあ、俺ではおぬしをとらえることなどとてもできまいが。それとも自首か、逃げきれぬのをさとって」

「ちがう」

平之丞はあわててまわりを見渡した。

「おい、興津、大丈夫か、こんなところにいて。市之進の弟が江戸に出てきておるぞ」

なんだ知らぬのか、と思った重兵衛は、どういうことになっているか教えた。

「仇討を延期だと。なんだ、おぬし、もうやつに会っているのか」

男は山田《やまだ》平之丞といい、重兵衛の元同僚だ。歳も同じで、重兵衛があの場から逃げたとき、囲んだ五名のなかにいた。

平之丞の顔をあらためて見つめ直したそのとき、重兵衛は違和感を覚えた。それがなんなのか確かめられないうちに、違和感は腕をするりと抜けるようにして消えていった。

平之丞が重兵衛の風体を確かめる目をしている。

「なんだ、どうした、ぼろぼろの格好をしているな。やはり食いつめているのか」

うん、といって眉をひそめる。

「怪我もしているみたいだな。なにかあったのか」

「いや、なんでもない。平之丞、なにゆえ江戸に」

「俺がなぜ江戸にいるかというとな」

そこで言葉をとめ、探るような目でじっと見つめ返してきた。

「斉藤さまが殺されてな、それを殿に伝えに来たのだ」

重兵衛は驚愕した。

「源右衛門さまが。それで下手人は」

平之丞は首を振った。

「殺されたわけは」

「興津、歩きながら話さぬか。俺は飯を食いに出てきたのだ」

二人は肩を並べて歩きはじめた。

「斉藤さまが殺されたわけだが、それがわかっていたら、おそらく下手人はとっくにとらえておる」

「殺されたのはいつだ」

「今月の十六日だ。十二日前だな。供の中間と一緒に」

「どういうふうに殺された」

「袈裟で一太刀だ」

「弟とはちがうな」

重兵衛はつぶやいた。

「弟だと」

さすがに目付だけあって、平之丞は引っかかった。

「俊次郎どののことか。ちがう、というのはどういう意味だ。殺され方がちがうときこえたぞ」

重兵衛は、つい四日前、江戸で弟が殺されたことを告げた。

平之丞は息をのんだ。

「どうして俊次郎どのが。今、江戸でといったな。国を出てきたのか。俊次郎どのは、おぬしのことで蟄居を命じられていたのに……いや、そんなことはどうでもよい。おぬし、斉藤さまと俊次郎どのを殺った者は同じでは、と考えているのか」

「そう考えぬほうが無理があるな。ほんの十日ばかりのあいだで弟と元の上役が殺されたのだから」

「では下手人は、国で斉藤さまを殺し、江戸で俊次郎どのを殺したと」

この平之丞の言葉をきいて、重兵衛の脳裏には、弟は源右衛門にいわれて江戸にやってきたのでは、という思いが浮かんできた。弟は重兵衛と同じ道場に通っており、源右衛門には重兵衛以上にかわいがってもらっていたのだ。

とすると、源右衛門は自分の居どころを知っていたことになる。どうしてなのか。

「源右衛門さまは刀は抜いていたのか」

「ああ。正面からやり合って、殺られたようだ。だから殺ったやつは相当の腕の持ち主ということだ」

平之丞はじっと見つめてきた。

「おぬしでは、という噂《うわさ》も実際にはあった」

「ふむ、そうか」

さっきの探るような目はそういう意味だったのだ。

「おぬしのその怪我、二人の死と関係あるのか」

「さすがだな」

これ以上ごまかしながら話を続けることはできない、と判断した。重兵衛は怪我のわけを語った。

「なに。そんなとんでもない連中に襲われたのか。しかし、さすが興津だな。切り抜けるなんて」

「そういった忍びの類に心当たりはあるか」

「いや、知らぬ。戦国の頃、諏訪忍びというのがいたときいたことはあるが……」

そういえば、と重兵衛は思った。祖父がそんなことをいっていたような気がする。

「その末裔が今どうしてるかを知っておるか」

「いや、そんな血など、もうとっくに絶えているだろう。俺からきいてもよいか」

重兵衛はうなずいた。

「蟄居していた俊次郎どのが、なぜ江戸に出てきた」

「今考えると、きっと弟は文《ふみ》を所持していたのだろう。残念ながら、賊《ぞく》に奪われてしまったようだが。弟がその文を源右衛門さまに託されたとしたら、話の辻褄《つじつま》は合う。なにかをつかんだ源右衛門さまは、俺に届けるよう弟に依頼したのではないか。最近、源右衛門さまは、なにか申されていなかったか」

「我らにはなにも」

重兵衛は話の方向を変えた。

「岩元備中さまを罠にかけたいと思う者に心当たりはないか」

「いや、俺にはないが、なぜ今頃そんなことをきく」

「今頃とは」

「備中さまは亡くなったぞ。自害なされた」

「なに。いつのことだ」

「あの夜のことだ。四月九日だったたな。あのあと屋敷で腹を切っているのが見つかった」

重兵衛ははっとした。これだったのか、と思った。あの晩、あの僧侶を装っていた男の血の臭い。

もしや俺が狙われているのはこれか、と重兵衛は思い当たった。

「おい、興津、どうかしたのか」

重兵衛は我に返った。平之丞を軽く見据える。

「備中さまを罠にかけた者に心当たりがないとのことだが、どうだ、もう少し考えてくれ。おぬしも目付だろう」

平之丞はむずかしげな顔をした。

「いや、俺にはやっぱりわからぬ。……勤番として多くの者が江戸に出てきている。そのなかには備中さまと親しかった者もいるだろう。どうだ、興津、場所とときをあらためぬか。ときをくれれば、めぼしい者を見つけだせるかもしれぬ」

「よかろう。そうしてくれ」

重兵衛は釘を刺した。

「だが、平之丞、俺の名をだすなよ」

「ああ、まかせておけ」

「平之丞。もう一つきいてよいか」

「なんだ、さんざんきいといて、今さら遠慮もなかろう」

「俺の母はどうしている」

「元気にしているぞ。斉藤さまがずいぶん気にかけてらしてな。暮らしにはなんの不足もないはずだ」

「源右衛門さまが」

「ああ。最近では、おぬしは必ず帰ってくるから、というようなことをおっしゃって、母御を元気づけていた。つまり、斉藤さまはおぬしの無実を信じていたということだな」

「最近というと、いつのことだ」

「亡くなる二日前、屋敷をお訪ねになったとき、そんなことをおっしゃっていた。俺も供をしておぬしの屋敷に行ったのだ」

やはり源右衛門はなにかをつかんだのだ。

それを俺に伝えたくて、弟を使いにだした……。

備中殺しの証拠だろうか。

いや、ちがう。それで、俺の市之進殺しの罪が消えるわけではない。

だとするとなにか。

斉藤源右衛門は、市之進の死に関してなにか新たな事実をつかんだにちがいない。

六

興津と別れた平之丞は上屋敷に戻りかけたが、空腹には勝てなかった。

まだ試したことのない飯屋を探した。よさそうな一膳飯屋を見つけ、そこに入った。

鮭の塩焼きと卵焼き、みそ汁に飯の大盛りを頼んだ。

茶をすすりながら平之丞は、そうか、興津は生きていたか、と心があたたまるのを感じた。

平之丞は、あのはにかむような笑顔をまた見られたことに喜びを感じている。興津の顔を見たとき口元がゆるんだのは、そのためだ。

あの四月九日の晩のことは克明に覚えている。

なにしろ解《げ》せないことばかりなのだ。

なぜ市之進はあんなところに飛びだしていったのか。刀を引いた重兵衛に、まるで刺してくださいといわんばかりだった。

自害だったのでは、と平之丞は考えたこともある。ただ、市之進に自害する理由があったなどとは考えられない。

ただ一つはっきりしているのは、あのとき重兵衛に市之進を殺すつもりなどまったくなかったということだ。

囲まれた興津は確かにあらがい、それが市之進の死につながったが、あの男に市之進だけでなく、自分たちを殺す意志などなかったのは明白だ。

悲鳴ともつかない声をあげて走りだした興津のうしろ姿も、くっきりと脳裏に刻まれている。

あれから半年たっているが、あのときの驚きは薄れていない。なんといっても、松山市之進はこの腕のなかで息絶えたのだ。

市之進はなにかいいかけたが、いったいなにをいいたかったのか。うし……、と口にしたのはまちがいないが、それ以上はきき取れなかった。

急速に力を失っていった瞳。人というのがああいうふうに死んでゆくのをはじめて知った。

あんな形で人の死を見届けることなど、おそらくこの先もないだろう。

それにしても、と思う。百両の窃盗という興津にかけられた疑いは本当なのか。

興津重兵衛の人となりを知っていれば、いくら金に窮していたとしても、百両をくすねるような真似をする男でないことは赤子でもわかる。

それをとらえようとした斉藤源右衛門。斉藤も興津のことをよく知っていたはずだから、興津がそんなことをしでかす男でないのはわかっていたはずだ。

いや、よく知っていたどころではない。配下のなかでは右腕と目されていた北見五郎太の次に信頼が厚かったのではないか。

だが真っ先に興津に斬りかかっていったのは、その北見五郎太だ。

北見は今、国許で斉藤を殺した下手人を必死に追っている。

だが、先ほどの興津の言が的を射ているのなら、下手人は江戸にいることになる。

興津は、自害した国家老にうらみを抱いていた者がいないか知りたがったが、その者が岩元備中を罠にはめたといいたいのだろうか。

そういえば、国家老の死を知った斉藤があのあとなにか気にしている風情だったが、それが今回のことと関係しているのだろうか。

斉藤は誰にも話さなかった。おそらく北見にすら語っていないのだろうが、いったいなにを気にしていたのだろう。

注文した品が運ばれてきた。

平之丞は、早飯といわれる江戸者に負けないくらいはやく食事を終えた。

上屋敷に戻り、さっそく顔見知りの者たちに話をききはじめた。

とにかく、興津重兵衛の力になりたいという思いが平之丞には強くある。

七

惣三郎はなんとかして重兵衛の仇討に力を添えたいと考えている。

それは善吉も同じようで、いつになく力強く運ぶ足に、その気持ちがあらわれている。

上役の門田典膳《かどたてんぜん》に会い、高島諏訪家と昵懇にしている与力が誰かを教えてもらった。南町奉行所の与力で、名を大和田仁八郎《おおわだじんぱちろう》といった。

今月の月番は惣三郎の北町奉行所で、大和田は八丁堀《はっちょうぼり》の組屋敷にいた。

非番の月といっても仕事をしていないわけではなく、大和田は決裁すべき書類に忙しく目を通している様子だ。

それでも訪ねてきた惣三郎を座敷に招き入れ、話をきいてくれた。

北町と南町両奉行所は別に競い合っているわけではなく、もちろん対抗意識はあるが、非番の月でも大捕物があれば、出動して月番の者たちに加勢するのは当然のことだった。

だからこの丁重な招き入れは当たり前のことで、ここで追い返すなどという非礼な真似をするはずがなかった。

惣三郎は諏訪家についてたずねたが、これといって重兵衛につながるような話は得られなかった。

もう七十年以上も前の宝暦《ほうれき》年間に『二の丸騒動』と呼ばれる御家騒動があったことを大和田は話してくれたが、以降、家中はそれなりに平穏で、御家騒動につながりかねない権力争いは起きていない、とのことだ。

惣三郎は一応、その二の丸騒動というのがどういうものだったのか、中身をきいた。

当時の諏訪家の当主忠厚《ただあつ》は国許にほとんど戻らず、江戸屋敷で暮らしていた。忠厚には正室の腹でない男子が二人おり、次子のほうをむしろかわいく思っていた忠厚は、どちらを跡継とするか、迷っていた。

そんな忠厚に次子の擁立《ようりつ》をささやいて、国許の権力を一気に握ろうとしたのが、諏訪家一門で国家老の諏訪大助《だいすけ》だった。

諏訪大助の企みは成功したかに見えたが、結局、公儀の意向もあり、家督は長子に譲られることになった。

忠厚の上意によって、家政を混乱におとしいれたかどで諏訪大助は切腹に追いこまれ、忠厚に諏訪大助の考えを吹きこんだ江戸屋敷の用人渡辺助左衛門《すけざえもん》は、侍としては珍しく、斬首に処された。

二の丸騒動という呼び名は、御家騒動の中心となった諏訪大助の屋敷が城内二の丸にあったことに由来しているという。

ほかにきくべきことも見つからず、惣三郎は八丁堀をあとにした。

善吉を連れて、もう一度、俊次郎が殺された場所にやってきた。

探索の基本は、やはり悪事が行われた場所を見ることだ。

東側に青山家の長大な塀が続き、西は田んぼである。田んぼの向こうは若年寄支配下の百人組と呼ばれる家禄の低い侍たちの屋敷地だ。

江戸といっても中心からは大きくはずれているが、それでも惣三郎が立っている道を行きかう人が途切れることはない。

もう一度、なにか見落としているものはないか、じっくりと調べてみた。

しかし、なにも得られなかった。

「旦那、見つかりませんね」

惣三郎は顔をあげて、汗をぬぐった。

「そうそう都合よくいかねえもんだな」

おや、と惣三郎は目をとめた。

「旦那、あの女は確か」

「ああ、この前もあそこにいたな」

同じ柳の陰に立って、こちらを見つめている。なにか話をしたそうな瞳も同じだ。

惣三郎はそっと足を踏みだした。今度は女は逃げようとしない。

それに力を得て、惣三郎はすたすたと歩み寄った。

「なにか用か」

女はどこか疲れたような雰囲気を身にまとっている。日の光がいかにもまぶしいといいたげな、わずかにはれぼったい目の感じがそう思わせる理由のようだ。

「あの、お役人」

小さな口から、か細い声が漏れた。

「うん、なんだ」

惣三郎はおびえさせないよう、できるだけやさしい口調でいった。

「あの、お役人は、この前ここで殺されたお侍のことを調べているんですか」

「そうだ。なにか知っていることがあるのか。あるんだったら、なんでもかまわん、遠慮なく教えてくれ」

「あの、あたし見たんです」

惣三郎は、下手人をか、と勢いづきかけたが、ここは我慢して続きをきく姿勢を取った。

言葉を続けるかと思ったが、女は躊躇したように口を閉じている。

「なにを見たんだ」

さすがにうながさずにはいられなくなった。

女はごくりと息をのんだ。

「お侍が殺されるところです」

「なに。まことか」

惣三郎は大声をだしていた。女が頬を引きつらせ、二歩ほど下がった。

「すまぬな、昔から地声がでかくてな」

惣三郎は声を落とした。

「詳しいことを教えてくれ」

女が小さくうなずいた。

八

左馬助は門人たちに稽古をつけている。

本当は重兵衛の役に立ちたいとの思いで一杯だが、左馬助との稽古を目当てに来ている者は多い。その思いをむげにはできない。

今は手習所と同じで、道場間の争いも厳しい。下手をやって、新蔵が集めた門人を失うことだけはしたくない。

新蔵も、できれば代わってやりたいと考えているようだが、ここ最近、体の調子があまり思わしくない。体は頑健なはずだが、若い頃の厳しすぎる稽古が、ときに老いがはじまる頃の体に悪影響を与えることがあると左馬助はきいたことがある。

七つすぎまでみっちりと稽古をやった。

庭に出て、寒風のなか、井戸の水を浴びて汗を流した。

廊下を滑るように奈緒が顔を見せた。

「飯の支度ができたのか」

「いえ、お客さまです」

小袖を着直した左馬助が座敷の濡縁に出てみると、庭に松山輔之進が立っていた。

「どうした、稽古に来たのか」

「ちがいます」

輔之進は左馬助の鬢のあたりを見ている。

「もう稽古は終えられたのですね」

左馬助はそこが濡れているのに気づいた。

「ああ、先ほどな」

「あの、実は」

輔之進はいいだしかねている。なんだ、はっきりいえ、と左馬助がいいかけたとき、横に正座をした奈緒が明るい声を発した。

「輔之進さま、よくぞいらしてくださいました。さあ、おあがりください。すぐに支度しますゆえ」

それで左馬助にもわかった。

「そうか、気がつかなくてすまなかったな。遠慮せずあがってくれ」

竹刀を構えているときとはまるでちがい、もじもじしていた輔之進だったが、ようやくほっとした顔になった。

奥の座敷に連れてゆく。

「まあ、楽にしてくれ」

輔之進は正座をし、ぴしりと背筋を伸ばしている。

左馬助は笑った。

「そんなにかしこまらんでもいいよ。膝を崩してくれ」

「突然にお邪魔しまして……」

「いいよ、そんなこと。おぬしには借りがある。飯などいくらでも食わせてやる」

「借りですか」

「仇討を延期してくれただろう」

「しかしそれは」

「わかっているさ。それ以上はいわんでもよい」

奈緒が茶を持ってきた。

「もう少し待っていてくださいね」

輔之進に笑いかけ、襖の外に出ていった。

「まあ、飲んでくれ」

左馬助は茶をすすった。

輔之進も湯飲みを持ち、おそるおそる口をつけた。

「毒でも入っていると思っているのか」

「まさか」

左馬助は笑った。

「猫舌か」

「ちがいますよ」

輔之進は虚勢を張ったが、すぐに肩をすくめるようにした。

「実はそうなんです。熱いものはどうも苦手で」

「道場じゃ敵なしだが、意外なものが弱点なんだな」

輔之進が湯飲みを置き、左馬助を見た。

「でも、どうしてそんなに重兵衛どのに肩入れするのです」

「命を救われたからさ」

左馬助はさらりといった。

「どういうことです」

「前に、俺が江戸へ父の仇を追ってきたことがあることを話しただろう」

「ええ、覚えています」

左馬助は、やっと見つけた仇を国に護送する途中、起きたことを述べた。

「そういうことでかなり危うかったんだが、それを助けてくれたのが重兵衛なのだ。やつは命の恩人だ」

「地蔵割りの剣をつかったのですね」

「地蔵割りだと。あの重兵衛の剣はそう呼ばれているのか。流派はなんだ」

「諏訪真伝流と」

「古い流派だよな。確か、戦国の頃から続いているようなことをいっていたが。おぬしの流派は」

「妙貫流《みょうかん》といいます」

「秘剣はあるのか」

「むろん」

「師範からはもう伝授されているのか」

「はい」

「見せてほしいものだが、見せられるものではないか」

輔之進はうなずいた。

「なあ、輔之進。やはり考え直せないか」

左馬助は無理とさとりつつ、いってみた。

「俺にとって命の恩人でもあるが、やつとは一生つき合える友垣と思っている。一生つき合える友とめぐり合えるなんて、そうはないことだからな。失いたくないのだ」

「お気持ちはわかりますが」

「まあ、この話はやめようか。おぬしも飯がまずくなってしまうよな」

左馬助は顔をうつむけた。

九

晩秋の日は短く、すでに暮れかけている。

重兵衛は、町屋が背を向け合う小路にたたずみ、一点を見据えている。目の先にあるのは、愛宕《あたご》下広小路通そばにある烏森稲荷《からすもりいなり》。

重兵衛が会合場所として指定したこの稲荷は、諏訪家の上屋敷からそんなに離れてはいない。平之丞は信用できる男だが、知らず誰かを連れてきてしまうことは十分に考えられる。

少し風が出てきた。冷たく乾いており、どこか故郷の風に似ていた。

左手に欅《けやき》らしい大木がのっそりと立っているが、鳥の巣があるらしく、か弱い雛らしい鳴き声がきこえてくる。

なんの鳥だろう、と見あげてみたが、その姿をとらえることはできなかった。

まだ家に帰らない子供たちが五、六人、稲荷の前でかたまって遊んでいる。手習所の子供たちと似通った歳の頃で、鬼ごっこでもしているようだ。

子供たちはきゃあきゃあ騒ぎながら遊んでいたが、なんだよ、さわったじゃないかよ、という大きな声で子供たちの動きがとまった。

さわってねえよ。さわったよ。

やがて二人はつかみ合い、取っ組み合いをはじめた。

重兵衛は、一瞬とめに入ろうとしたが、すぐにほかの子供が二人をわけた。それで喧嘩はおさまったように見えたが、気分がおさまらないらしく、一人がもう一人をうしろからどしんと突き飛ばした。

なにするんだ、この野郎。一人が食ってかかってゆき、再び喧嘩になった。

おめえとなんか二度と遊ばねえからな。そりゃこっちの台詞《せりふ》だ。

いい放った二人が別々の方向に歩いてゆく。ほかの子供たちも日暮れが近いことを知って、名残惜しそうに引きあげてゆく。

あんなに激しい喧嘩をしていても、またすぐに会いたくなって、なにもなかったように遊ぶのが子供だった。

重兵衛は顔をしかめた。

今、なにかを暗示するような場面を見た気がしてならない。

なんなのだろうか。

必死に考えたが、なにが心に引っかかったのかわからずじまいだった。

やがて平之丞があらわれ、鳥居の前できょろきょろとあたりを見まわしてから、境内に入っていった。

重兵衛は、しばらくときを置いた。

風が何度か行きすぎ、さっきまでしていた雛の鳴き声がきこえなくなった。親鳥が餌を運んできたのかもしれない。

よし、もういいだろう。

誰も平之丞をつけていないのを確認した重兵衛は足を踏みだし、鳥居をくぐった。

こぢんまりとした本殿の前に平之丞はいた。日が暮れてきて、あたりの暗さが増してきたこともあるのか、平之丞の形づくる人影ははかなく感じられた。

「すまなかったな、平之丞」

「いや、かまわぬよ。俺は興津の役に立ちたいと思っておるのだ」

「かたじけない」

重兵衛が笑みを見せると、平之丞はうれしそうに笑い返してくれた。

「どうだった」

平之丞は笑いを消した。

「備中さまを罠にかけるとしたら安藤大炊頭《あんどうおおいのかみ》どのでは、と申す者がいる」

安藤大炊頭。国許の次席家老だ。

「つまり備中さまが失脚すれば、次の筆頭家老は安藤さまではないか。実際、国許ではそういうふうに動きつつあるのだ。すでに安藤さまは殿の決裁をいただいている」

重兵衛は、安藤大炊頭の風貌を思い浮かべた。

名家の出らしく話し方は鷹揚《おうよう》だが、目つきは鋭いし、それなりに頭は働く。

「だが、あのお方はそんな野望めいた気持ちをお持ちではないはずだが」

それに、あれだけの忍びの集団を自在に動かせるだけの器量もないように思える。

平之丞は顔の前で手を振った。

「それがそうでもないのだ。あの人の歳を知っているか」

「ああ。四十六だな」

「若くして家老になってから、すでに十三年の月日が流れている。備中さまは四十八。たいして歳はちがわぬからな、このままどいてもらえなかったら、自分は一生次席家老のまま、と考えても不思議はない」

「しかし理由としては弱いのではないか」

「そのあたり、抜かりはないさ。詳しいことを知っている者を見つけた。そこで待っててもらっているのだ」

「どこだ」

「この先さ。近くだ」

「どうして連れてこなかった」

「なにか用事があるとのことで、それが終わり次第、そこに来るというのだ」

「信用できる者か」

「あまりよくは知らぬ。むろん、おぬしの名はだしておらぬぞ」

「誰だ。名は」

「遠藤恒之助どのという」

きいたことがない。

「おぬしが知らぬのも無理はない。江戸家老の石崎内膳さまの家臣だ」

「陪臣《ばいしん》が、大炊頭さまについて詳しいというのか」

「そんなに馬鹿にしたものではないぞ。陪臣だからこそ、家中の我々より見える、ということだっていえよう。それに、おぬしの名をださんで話をきける者がいったいどれだけいると思う。来ないのならそれでもよいが……」

「わかった、行こう」

重兵衛は、平之丞とともに歩きはじめた。

男が待つというのは、愛宕権現近くの名も知らない稲荷だった。

十

「おーい、重兵衛」

惣三郎は、縁側のある庭から教場の入口のほうへまわり、呼んでみた。応えはない。

「なんだ、いねえのか」

「でも、物騒ですねえ」

善吉がつぶやくようにいう。

「こんな刻限まで留守にして、出歩いてるなんて」

もうだいぶ暗い。庭の木々も陰だけになり、空に向かって無数に伸びた枝がなんともいえず不気味だ。

「まあ、平和な村だから盗みに入られるようなこともねえんだろうけどよ」

惣三郎は腕組みをした。

「はやく教えてやりてえのに、あの馬鹿、どこ行きやがったんだ」

「弟さんの仇捜しでしょうけど」

善吉は小さく首をひねった。

「しかし、旦那、あの女のいったこと、本当なんですかね」

「本当は本当だろう。嘘をついてるようには見えなかった。ただな、あれだけじゃ手がかりにならねえな。風体もろくに見てねえっていうし」

重兵衛に女の話をぶつければ、なにか下手人について引きだせるものがあるのでは、と惣三郎は白金堂までやってきたのだ。

「しかし、ここで待ってるのも芸がねえな。しょうがねえ、帰るか、善吉」

二人は、提灯がほしいくらいに暗くなってきた新堀川沿いの道を歩きはじめた。

「でも、旦那。あの女の言葉通りなら、俊次郎さんを殺したのは相当の手練ということになりますね」

「ああ、容易ならねえ野郎だ。重兵衛も相当できるが、やり合ったら果たしてどうかな。いや、重兵衛が負けるわけがねえな」

惣三郎は自らにいいきかせるようにいった。

女は、あの柳の陰で客を引いている夜鷹《よたか》だった。相手にしているのは、付近の百姓や武家屋敷に奉公する中間や小者たち。

あの日はまるで客がなく、ひたすら立ちっぱなしだったという。背後の武家屋敷ではなにやら祝いでもあるようで、酔った声や歌声が騒がしく響いてきていて、その夜に限っては、自分のしていることが妙にむなしく感じられて商売をする気がなくなった。いつもするように田んぼにおりて小用を足し、さあ帰ろうと考えたとき、道をこちらに走り寄ってくる足音がし、夜鷹はそのただならなさに身を縮めたという。

草の陰からちらりと見えたのは、どうやら旅姿の若い侍で、うしろを振り返ってからほうと大きく息をついた。

侍はすぐに歩きだしたが、ぎょっとしたように立ちどまった。

侍の前にちがう侍が立っていた。歳の頃ははっきりしませんが、二十代半ばといったところではないでしょうか、と女はいった。

最初の侍が刀を抜いて斬りかかったが、もう一人の侍は軽々と動いて背後に出、手刀を振るった。

打たれた侍は骨を抜かれたようになった。もう一人の侍はその体を抱えて、夜鷹のいるところから三間ほどしか離れていない畦におりてきた。

夜鷹は息をとめ、その場にうずくまるようにした。

侍が用意してあった縄でもう一人の侍の手足を縛りあげた。それから活を入れ、目を覚ませせた。

二人はなにか話をしはじめた。

夜鷹は耳をふさいだ。なにもきかなければ面倒には巻きこまれないし、ここにいることも気がつかれることはないと信じて。

どれくらいときがたったか、こわごわ目をあけると、侍は姿を消していた。

ただ、最初の侍の死骸が残されていて、夜鷹はほとばしりそうになる悲鳴をかろうじて喉の奥で抑えた。道にあがり、駆けだした。あたしはなにも見ていないわ、と自らにいいきかせながら。

なぜ最初に話さなかったかというと、やっぱり怖かったからだという。

「どうして今日は話をしようと」

惣三郎は女にただした。

「あの晩のことが気になって商売ができないし、なんとかけりをつけたいと思ってここまで歩いてきたら、お役人がいらっしゃって。ああ、これは天がすべてを話せ、といってるんだと思って」

惣三郎は善吉を振り返った。

「あの女はたぶん、運がよかったんだ」

「殺されなかったことですか」

「ああ。背後の武家屋敷がうるさかったっていったよな。それがきっと気配を消してくれたんだろうよ」

「なるほど。そういえば軍記物にも同じようなこと、書いてありましたよ」

「なんだ、おめえ、まだ軍記物なんか読んでるのか」

「いいじゃないですか。おもしろいんですから。趣味のことで旦那にとやかくいわれたくないですよ」

「なにいってやがる。色草子の合間に軍記物、読んでるみたいなものだろうが」

「旦那、なぜそれを」

「おめえのことで知らねえことなんか、俺にはねえんだよ。ところで、軍記物にはなんて書いてあったんだ」

　善吉はほっとした色をその顔に浮かべた。

「忍びについてだったんですが、雨の日は気配を探りにくい、というようなことが記されてましたよ」

　そういうことかい、と惣三郎は思った。

十一

町並みの向こうに、姿を消そうとしている太陽の頭のてっぺんがかろうじて見えている。闇の濃さが増すにつれ、あたりから急速に人けがなくなってゆく。

「待たせましたか、遠藤どの」

平之丞が、鳥居脇に立つ侍に声をかけた。

「いえ、それがしも今来たところです」

侍は快活に答えた。

「こちらがお話しした男です。名は勘弁していただきたい」

紹介された重兵衛がよろしくと会釈すると、遠藤はあらためて名乗った。

「ここではちょっと話がしにくいですね」

そういって遠藤は境内の奥のほうへ歩きだした。重兵衛たちもついてゆく。

本殿の前あたりで話をするのかと思ったが、遠藤は足をとめず、本殿裏の深い木々にさえぎられた塀際まで行った。

ずいぶん用心深いな、と重兵衛は思った。

「ここでよいでしょう」

相変わらず明るい声で遠藤がいう。

覆いかぶさるように茂る深い木々に陽射しはすっかりさえぎられ、そこだけもう夜が来たかのような薄闇に包まれている。お互いの顔はすでに見わけがたくなっている。

「では、はじめましょうか」

遠藤が口にした瞬間、腰のあたりがきらめいた。

重兵衛はうしろに跳ね飛んだが、平之丞は、うっ、といううめきを残して地面にうつぶせに倒れこんだ。

たらいの水をぶちまけたように血がざざっと飛び、枝や葉に降りかかった。

おびただしい血が傷口から流れだし、あっという間に影のような血だまりをつくった。

まだ平之丞は息絶えてはおらず、右腕を伸ばし、立ちあがるんだといわんばかりに指で土をかいている。

やがてその指がとまり、顎が地面に沈みこんだように見えた。鬢の毛がどこからか吹きこんできた風に揺れ、その風に押されたかのように平之丞は首を落とした。それを最後にすべての動きがとまった。

「山田平之丞を殺したのは——」

遠藤が目をあげた。

「きさまだ。目付に見つかり、とらえられそうになったために斬り殺した。俺は、その下手人を討ち取ったと寺社奉行に届け出ることになる」

重兵衛は腰に手を伸ばした。

だが触れる物がない。しまった。今頃気づくなど間が抜けているが、丸腰だ。

遠藤がさげすむような目をしている。

重兵衛は見つめ返した。それにしても、見事すぎるほどの袈裟斬りだ。平之丞がいった斉藤源右衛門の死にざまが思い起こされた。

「斉藤さまを殺し、弟を手にかけたのはきさまだな」

「その通りだ」

あっさりと肯定した。

「なぜ二人を殺した」

「斉藤はいらぬことに気づいたから。弟は斉藤からきさま宛の文を託されたからだ」

やはりそうだったか。だが、斉藤源右衛門が気づいたことというのはいったいなんなのか。

「遠藤恒之助といったな。江戸家老の家臣というのは本当か」

遠藤は馬鹿にしたような笑みを漏らした。

「どうだかな」

重兵衛は遠藤の顔を見直した。

「きさま、どこかで会っているな」

ほう。遠藤は感嘆の色を顔に刻んだ。

「よくぞ覚えていてくれた。さすがとしかいいようがない」

「どこで会った」

「そこがおぬしの限界というところか。……あの世で考えろ」

遠藤は刀を振りおろしてきた。

重兵衛は再びうしろに下がってかわした。遠藤がなぜかにやりと笑った。

重兵衛が見直すと、遠藤は張りつめる氷のように冷たく唇を引き結んだ。

両足をずしりと地につけた体には、土から養分を吸収する大木のようにじりじりと殺気が満ちつつある。

遠藤の背丈が伸びたように見え、重兵衛は圧倒されるものを覚えた。まるで岩にでものしかかられているようだ。

とてもではないが、丸腰でやり合える相手ではない。

ここは逃げるしかない、と思ったが、背後は高い塀だ。乗り越えようとしているあいだに刀の餌食だろう。本殿の両脇は木々のあいだに半間ほどの隙間があいているが、遠藤の剣を逃れてそこまでたどりつけるとは思えない。本殿には床下があるが、ほんの一尺ほどの高さもなく、もぐりこむまでに刀に貫かれるだろう。

遠藤がこの場を選んだ理由はこれだったのだ。刀を存分に振るえるほどに広く、相手の逃げ足を封じられるほどにはせまい。

重兵衛は、遠藤の井戸のなかに追いこまれた自分を知った。

重兵衛は倒れている平之丞の刀を、目を向けることなく見た。

少しでも眼差しを動かし、平之丞の刀を狙っていることが知れたら、機会は失せたも同然だ。なんとか遠藤にさとられることなく刀を手にしたい。

どうりゃ。遠藤が斬りかかってきた。斜めの筋を闇に光らせて、刃が落ちてくる。

重兵衛は相手の懐に飛びこんだ。猛烈な風がぼんのくぼから背中にかけて通りすぎてゆく。それだけで体がふらついた。

なんとか体勢を立て直そうとしたが、そのときには逆胴が迫っていた。

自分が真横に両断される光景が目に浮かんだが、重兵衛は忍びの魂が乗り移ったかのように背後に跳ね飛んだ。

それでも刃は着物を破っていった。ちょうどへそのあたりだ。

重兵衛は斬られた場所に手を当てた。痛みはない。皮膚には達しなかったようだ。

遠藤が袈裟斬りを見舞ってきた。重兵衛は左に動いた。すぐに反転した刀が追ってきた。

重兵衛はその胴をかわしたが、背中が本殿の壁にどしんと当たった。

遠藤がすばやく足を進め、重兵衛の前に立ちはだかった。

先ほどよりさらに背が高くなり、体の幅も増したように見えた。迫りくる巨大な山津波《やまつなみ》のようで、重兵衛は息がつまるのを覚えた。

「すばしこい野郎だな」

遠藤がむしろ楽しむような口調でつぶやく。八双《はっそう》に構え、腰を落とす。

平之丞は重兵衛の右、一間ほどのところに倒れている。うつぶせているため、刀は柄が地面のほうにあり、その体を転がさないと引き抜けない。

遠藤が半歩だけ近寄ってきた。闇のなか、瞳が暗い輝きを見せている。それは遠藤の執念をあらわす炎らしかった。

執念なら負けぬ、と重兵衛は思った。目の前にいるのは弟の仇だ。この男を殺すまで、決して死ぬことはできない。

遠藤がさらに近づこうとしている。あと一歩で間合だ。その前に動かなければ確実に斬られる。

遠藤が刀を上段に持っていった。小さく踏みこむような仕草をしたあと、いきなり振りおろしてきた。

まだ間合には入っていない。それなのになぜ。考えている暇《ひま》はなかった。頭上で風を切る音がした。

重兵衛は全身の血が波立つのを感じ、本能が命ずるままに体を前に投げだした。頭を殴られたような衝撃が襲ってきた。殺られたと一瞬思ったが、腕は動くし、足も思い通りになる。

なにかがばさりと顔に垂れてきた。髪だ。どうやら髷《まげ》を飛ばされたようだ。

あんなに伸びる剣があるとは。驚愕しながらも重兵衛は四つんばいになって平之丞に近づいた。

背後で殺気が盛りあがった。

重兵衛は振り向いた。刀の切っ先が眼前に向かってきている。

体をひねって避けた。腕をかすめるように刀が地面に突き刺さる。

重兵衛はさらに転がった。次々に切っ先が襲いかかってくる。今にも貫かれるのでは、という恐怖が心のうちに充満する。

重兵衛は本殿の床下に逃げこみをはかろうとしたが、切っ先が先まわりをした。あわてて体を逆に戻す。

気がつくと、目の前に刀を大きく振りかぶる遠藤の姿があった。

うなりをあげて刃が落ちてきた。かがみこんだ重兵衛は蛙のように横に飛んだ。

刃が右肩をかすり、痛みを覚えたが、たいした傷ではないのはわかった。いや、そうだと信じたかった。

重兵衛は本殿の壁に背をすりつけるようにして立ちあがった。

袈裟斬りが強烈に振られる。

重兵衛はあの伸びてくる剣ではないのを見て取り、体を縮めてよけた。

それこそが遠藤の狙いだったらしく、獰猛《どうもう》な牙をあらわにした刀が突きに変化して、胸板めがけて食らいつこうとした。

重兵衛は間に合わぬと直感しつつも腰を思い切りひねった。脇の下を突き抜けていった刀は、どんと音をさせて壁に突き立った。

むっと遠藤が顔をしかめた。その理由を重兵衛は知った。あまりに突きが鋭すぎて、刀が抜けなくなったのだ。

目の前に遠藤の脇差がある。これで刺すか、と思ったが、もしし損じた場合、脇差では相手にならない。

一瞬でそう判断した重兵衛は横に飛び、平之丞の体に抱きついた。

もう単なる物と化してしまった体をひっくり返し、刀を抜こうとした。だが、つかんだはずの柄が汗で滑り、手から抜けてゆく。

おのれ、という怒声が耳を撃つ。刀が猛然と振りおろされる気配を重兵衛はさとった。

重兵衛は背筋を寒けが走り抜けてゆくのを感じつつ、今度こそ平之丞の刀を引き抜いた。

くるりと振り向いた。その瞬間、猛烈な衝撃が腕に響いた。盾のように立てた刀に遠藤の刀がまともにぶち当たったのだ。

重兵衛は刀ごとうしろに吹っ飛ばされるような気さえしたが、かろうじて踏みとどまった。立ちあがると同時に刀を振りあげた。

それを見た遠藤が距離を置く。

重兵衛は刀を正眼に構えた。大熊を相手にようやく鉄砲を手にできた猟師のような気分だ。

ただし、目の前の男は手負いの熊よりはるかに強い。

遠藤がかすかな笑みを浮かべたのを、重兵衛は確かに見た。間合はこちらにあるとでもいいたげな笑い。

遠藤が刀を上段に移し、またかすかな踏みだしを見せた。

あの剣だ、ととっさに重兵衛は刀を顔の前に持ちあげた。

がきん、と刀が鳴った。押されるような打撃で、そのあまりの重さに重兵衛はふらつきかけた。

目の当たりにするのは二度目だが、やはり信じられない。あんな距離から刀が届くわけがないのに、遠藤にとっては十分すぎる間合なのだ。

どうやら腕と肩の使い方に秘密があるようだったが、それを見極められるだけのときはない。見極められたからといって防ぐ手立てもない。

その場を動くことなく遠藤は胴を繰りだしてきた。これも上段と同じく、急激に伸びて重兵衛まで届いた。

遠藤はさらに逆胴、袈裟も振るってきた。これらの剣も信じがたい伸びを見せた。鞭《むち》のように刀が自在に伸縮しているように感じられた。

遠藤の斬撃ははやさを増してきた。

重兵衛はこちらから攻撃を仕掛けるすべを持たず、ただ撥ね返し続けているだけだ。

このままでは殺られるな、と重兵衛は思った。攻めと守りでは倍以上、守りのほうが疲れる。ひたすら神経の消耗を強いられ、いつか神経が耐えきれなくなって斬り殺されるのはまちがいなかった。

どうすればいい。

疲れてまわらなくなった頭で必死に考える。汗が流れ落ち、目に入りこんできた。痛いほどにしみ、ぬぐいたかったが、そんないとまは与えられない。

とにかく、自分の間合に遠藤を入れなければ話にならない。

しかし、それはできそうになかった。振りが鋭く回転のはやい槍を相手にしているようなもので、重兵衛はなんとか受け続けるので精一杯だった。

世の広さを感じた。地蔵割りを左馬助がはじめて目にしたとき驚愕をあらわにしたが、この剣を目にしたら、果たしてなんというだろうか。

受け続けているうち、かすかだが、遠藤の振りが鈍くなってきたのを重兵衛はさとった。疲れてきたのだ。これはもしや反撃の機会を得ることができるかもしれない。

重兵衛の体に俄然、力がみなぎってきた。

だが、それを面にあらわすことはせず、ひたすら遠藤の隙を見つけることに神経を集中した。

やがて、袈裟に振ってきた刀が流れたのを重兵衛ははっきりと目にした。体勢も崩し気味になった遠藤は刀を引き戻すのにややときがかかった。

重兵衛はここぞとばかりに踏みこんだ。地蔵割りを振るうまでもなかった。遠藤の右肩には大きな隙が見えている。

重兵衛は渾身の力をこめて、袈裟斬りを見舞った。

だがすぐに死地におちいったのを知った。遠藤の姿が一瞬で消え、刀は空を切ったのだ。

重兵衛の受けの強さに業《ごう》を煮やした遠藤は、罠を仕掛けてきたのだ。

遠藤の姿を捜してはいられなかった。重兵衛は水面を跳ねる鯉のように身を躍らせた。獲物を襲う鷹の勢いで、刃が近づいてきた。今にも背中を斬り割られるかと思ったが、地面を腹で滑った重兵衛はまだ生きていることを知った。

目の前に、本殿の床下が口をあけている。重兵衛はすばやく身を入りこませた。

そのまま床下を這いずって抜ける。弟の仇を前に無念だったが、あの剣には到底かなわない。ここは逃げだすしかなかった。

境内を走りはじめた。刀を振りかざして遠藤が追ってくる。

遠藤の足はかなりはやい。しかし重兵衛も足には自信があった。差は縮まらない。

逃げるのは恥ではない、と軍記物を引き合いに語った祖父の言葉を重兵衛は思いだしている。

「死んでしまっては再起を期すこともできず、元も子もない。生きてさえいれば、いつか借りを返す日は必ずやってくる」

その通りだ、と重兵衛は思った。

鳥居を抜け、道に出た。あたりは町屋や煮売り酒屋、一膳飯屋からこぼれ落ちる明かりでかなりの明るさがある。

ざんばら髪の上、抜き身を手にした重兵衛を見て、道行く人たちが息をのむ。

重兵衛は刀を背中に隠し、走り続けた。うしろから追ってくる足音はいつの間にか途絶えていた。

重兵衛は振り返って、確かめた。

遠藤はいない。どこかにひそんでいるような気配もない。

重兵衛は足をゆるめた。髪をまとめ、なであげる。さまになったかはわからない。今はこれ以上、仕方がなかった。

刀を見る。刃こぼれだらけだ。どうするか。平之丞には悪いが、捨てるしかない。

しばらく歩くと、右手にさっき以上に小さな祠《ほこら》を持つ稲荷があった。境内に入り、本殿の下に刀を投げこんだ。

さて、これからどうするか。

遠藤から逃げられたのはよいとして、白金堂には帰れない。あの得体の知れない忍びたちが、今も張り続けているかもしれない。

しかし、またどこかで野宿というのもぞっとしない。高島から逃げてきたときも野宿続きだったが、あのときは初夏で、あたたかかった。今はちがう。

腹の虫が鳴いた。今日は一食しか腹に入れていないことを否が応でも思いだした。

さて、どうするか。

人なつこい笑みが頭に浮かんできた。

あそこしかないな。

迷惑をかけるのを承知で、重兵衛は麻布の方角に道を取った。

第四章

一

「きさま、しくじりおって」

内膳が怒鳴りつける。ここが上屋敷内であるのを思いだし、声を低める。

「太刀筋を教え、しかも場所まで選んでやったというのに取り逃がすとは。しくじりは許さぬとあれほど申したろうが」

遠藤恒之助は、形だけは畏《おそ》れ入《い》ってひたすら体を縮めている。

「なんとしても興津重兵衛の息の根をとめろ。いいか、名を知られた以上、やつは必ずわしに的を定めてくるぞ」

内膳がどすんと腰を落とした。ふう、と大きく息を吐き、心を落ち着けている様子だ。

「やつがどこに行ったか、心当たりはあるのか。まさか手習所には戻りはすまい。おまえなら、どこに身を隠す」

「旅籠でしょうか」

「だが、やつは傷だらけでぼろぼろの格好をしているといったな。旅籠がそういう、いかにも胡散臭げな者を泊めるか」

「知り合いのところでしょうか」

「その通りだろう。それも心を許した者だ。やつに女は」

「いえ、おらぬのではないかと」

「親しい村人は」

「それはいくらでも。しかしやつの性格からして、村人には迷惑をかけたくないと考えるのは明らかです。村人のところに泊まるとは思えません」

「だとすると、友のところか。やつに親しい友は」

「一人おります」

「誰だ」

名を告げた。

「道場の師範代か。腕は立つのか」

「それなりに」

「ならば、そこだな。師範代なら、無力な百姓どもとは異なり、用心棒代わりにもなろう。頼るには格好といっていい」

行け恒之助、と内膳がいった。

「必ず仕留めてこい」

遠藤恒之助は座敷を下がり、自室に戻った。

見切りどきかな、と畳に寝転がって思った。取り立ててくれた恩はあるものの、その恩に見合うだけの働きをしてきた自負はある。

乳をほしがって泣き叫ぶ赤子のような、あの醜態《しゅうたい》ぶりを見せつけられると、これまで忠誠を誓ってきたことが馬鹿らしく、無駄をしてきたようにすら思える。

これまでも内膳という男の底の浅さはずいぶんと見てきており、仕えているのが馬鹿ばかしく思えることはたびたびあったが、今回のことで決定的になった気がする。

あれだけの網を張ったのに逃げられた。それは自分のせいではなく、おそらく内膳の寿命が尽きかけているためなのだろう。

ただし、恒之助のなかで興津重兵衛ともう一度やり合いたいという気持ちは強い。

とにかくあの男を存分に斬り裂きたくてならないのだ。あれだけのしぶとさを持つ男を斬り捨てた瞬間、背筋を走り抜けるであろう快感。いったいどのくらい強烈なものだろう。想像しただけで身震いが出た。その瞬間を一刻もはやく手にしたくてならない。

あくる日の夜明け前、恒之助は上屋敷の門を出た。

ふと立ちどまり、振り返って屋敷を見あげた。ここではずいぶん長いこと暮らしてきたが、その生活もじきに終わりということだ。

内膳のもとを離れてどうするか。考えつつ恒之助は歩きだした。

心をかすめていったのは、あの乙左衛門という男のことだ。

それで腹が決まったような気がした恒之助は、さて、と思った。興津重兵衛をどうすべきか。

やつが堀井道場に逃げこんだのは、内膳がいう通り、まちがいないだろう。

正面から斬りこむか。

しかし、得策とはいえない。腕利きを二人、相手にすればやられるのはこちらだ。

どうすれば、やつらを断ち切って離ればなれにできるか。

火をつけるか。あの左馬助という師範代には家人がいる。いざ火事になれば、そちらを優先せざるを得ないだろう。

そうするか、と一時は決断しかけたが、火事には苦い思い出がある。

幼い頃、大火があり、両親、祖父母と一緒に逃げる際、祖父が崩れてきた建物の下敷きになって死んでいるのだ。

祖父は、父親の手を離してしまった自分をかばってくれたのだ。

自分のしくじりでかわいがってくれた祖父は死んだ。誰もそのことを責めることはなかったが、幼心にあれはこたえた。

その火事は付け火によるものだった。下手人はつかまり、火あぶりの刑に処された。同じ町内で、青物の行商をしている男だった。

やさしげな笑顔を持つ男で、恒之助は何度か言葉をかわしたこともあった。

そう、恒之助はもとは町人だった。祖父が若い頃していた武家奉公について繰り返し語ったことが影響したのか、いつしか侍に憧れを持ち、祖父の死後、九つのときから、町道場に通いはじめた。

もともと天分があったらしく、腕はめきめきとあがった。

十六になると、道場内には師範しか相手になる者がいなくなった。

石崎内膳と知り合うきっかけになったのは、隣の町内に毎年対抗試合をやっている道場があったことだ。

恒之助の道場はその年まで三連敗を喫していた。試合に出られるのは十六からという規定があり、恒之助はそれまで出られなかったのだ。

満を持して登場した恒之助は先鋒として、相手の五人をあっという間に叩きのめした。たまたまその隣町の道場の出身で、対抗試合を見に来ていた石崎内膳の目にとまり、奉公を打診された。

師範からは、あと一年待て、といわれ、その言葉に恒之助はしたがった。なんといっても、あと一年修行に耐えれば秘剣を授けるから、といわれたのだ。

秘剣をものにした恒之助は、約束通り石崎内膳の家臣となった。そして、家臣のなかで嗣子《しし》がない者の養子としてもらい、遠藤姓を名乗るようになった。

夢をかなえてくれた恩人だからこそ、恒之助は内膳に忠誠を誓っていたのだ。

しかしどうするか――。

思案は、どうやって興津重兵衛をあぶりだすかに戻った。

向こうから、道幅一杯にやくざ者らしい五人組が歩いてくるのが見えた。町人たちは男女を問わず、大身の武家にでも出会ったかのように道脇に身を避けている。

恒之助はむろんそんな真似はしない。まんなかを歩く男に正面からぶつかる形となった。

「いてえな。なにしやがんでえ、このさんピン」

男は身なりと貫禄から、このなかでは最上位の者らしかった。

「なんだ、どうかしたか」

「肩がぶつかっただろうが」

「ああ、別に謝らんでいいぞ。俺は痛くなかったからな」

「なに、寝言いってやがる。俺の肩がはずれちまったんだよ」

「なに、本当か」

恒之助は歩み寄った。

「どれ、見せてみろ」

男の肩をぐいとつかむ。

「本当だ。こりゃまずいな。治してやろう」

腕をねじりあげ、思い切り肩をひねった。ぼき、と音がした。

「いてえっ」

男が悲鳴をあげた。

恒之助は男を放り投げるようにした。男はとんぼを切るように体をくるりとまわして、路上に叩きつけられた。

「このさんピン、なにしやがんでえ」

てめえ。この野郎。たたんじまえ。四人が殴りかかってきた。

斬り殺す、という気になったが、そこまでやればさすがに面倒になる。鞘ごと引き抜いた刀を、恒之助は存分に振るった。

瞬き三度ほどのあいだに、四人の男は地面に倒れこみ、うめき声をあげていた。肩をはずされた男だけが痛みを忘れたかのように、呆然と恒之助を見つめていた。

二

「おーい、左馬助」

堀井道場までやってきた惣三郎は訪いを入れた。

道場はひっそりとしていて、いつもの活気がない。この刻限なら姿を見せているはずの門人たちの姿はどこにも見えない。

「ここも空なのか」

惣三郎がつぶやいたとき、左馬助が姿を見せた。

「なんだ、いたのか。おい、左馬助、重兵衛が来てねえか。今朝も白金堂に行ってみたんだが、いなかったんだ。昨夜もいなくてな、どうかしちまったんじゃねえかって心配なんだ」

　それには答えず、あがってくれ、と左馬助が笑顔でいった。

　座敷に入り、座っていると重兵衛がやってきた。ていねいに一礼して、正面に正座をする。

「なんだ、おめえ、やっぱりここだったのか。なんで手習所に帰らねえんだ」

　重兵衛に理由を告げられ、惣三郎は驚いた。

「そんなことがあったのか」

「こいつはな、行くところがなくて、昨夜、俺を頼ってきたんだ。捨てられた子犬みたいにしょぼくれてあまりにかわいそうだったんで、入れてやったんだ」

　頼られたことをむしろうれしそうに左馬助がいう。

「髷も切られちまって、まるで落武者さ。よくあんな格好でここまで来られたものだ」

　惣三郎は重兵衛の頭を見つめた。今はもう髷はちゃんと結われているが、やはり頭はどこかおかしい。

「そりゃ俺も見たかったな。左馬助、おまえが直したのか」

「いや、うちのが直した」

「うちの、か。左馬助、だいぶ旦那ぶりもさまになってきたじゃねえか」

「まあな」

惣三郎は重兵衛に目を移した。

「それにしても忍びにものすごい遣い手か」

善吉を振り向く。

「見ろ、おめえがくだらねえ軍記物なんて読んでるから、本物の忍びが出てきちまったじゃねえか」

「そんな、あっしのせいなんかじゃありませんよ。旦那、そんなことより、あの夜鷹の話をしに来たんでしょ。はやく重兵衛さんに話さないと」

「そんなことはわかってる。せかすな」

惣三郎は目の前の湯飲みを取りあげて茶をすすり、喉を湿らせてから口をひらいた。

「まことですか、河上さん」

きき終えた重兵衛が目をみはっている。

「殺される前、背後にまわった男に俊次郎が気絶させられたというのは」

「嘘じゃねえだろう。あの女がそんな嘘をつく必要があるとも思えねえし。でも、なんでそんなことときくんだ」

重兵衛は惣三郎の声がきこえなかったかのような顔で、なにごとか考えはじめている。

そういうことだったのか、という納得のつぶやきが漏れてきた。

「おい、重兵衛、どうした」

我に返ったように見つめてくる。

「河上さん、ありがとうございます。河上さんのおかげで生き残る道がひらけるかもしれませぬ」

一本、芯が通ったかのような張りのある声で重兵衛が告げた。

三

「おう、よくぞ来てくれた」

左馬助は出迎え、輔之進を奥にいざなった。

すでに昼をすぎ、刻限は八つ近い。

今日はこの季節の割にあたたかく、座敷に入りこむ日の光もやわらかで、どことなく春の陽射しを感じさせるものがある。河上惣三郎はだいぶ前に帰っていった。

「座ってくれ」

左馬助は輔之進が正座をするのを待ってから、腰をおろした。

「遠藤恒之助どののことを調べてほしいとのことでしたが」

輔之進は不思議そうな顔をしている。

「急な使いで悪かったな。調べてくれたか」

左馬助はかまわず話を進めた。

「ええ、できる限りは」

「江戸家老の直臣とのことだが、合っておるか」

「その通りです。常に内膳さまの身辺に張りついているとのことです。もっとも、ここ半年ばかり、姿を見なかったようですが」

「行く先は」

「いえ、誰も知りませんでした」

「国許ではないのか」

「さあ」

「遣い手か」

「相当のものということです。それがしは会ったことがないので、どの程度の腕かは知らぬのですが、以前ある町道場で敵する者なしといわれたほどだったようです」

「ほう、町道場でな」

「道場主から授けられた秘剣を持っているようなこともききました。どうやら妖剣といってもいいものらしいです。もとは町人だったようですが、腕を見こまれて内膳さまのもとに奉公が決まったらしいのです」

「遠藤は江戸家老に忠誠を」

「それはもう。命を捧げたがごとき働きぶりのようです」

左馬助は姿勢を正し、輔之進を見据えるようにした。

「その遠藤恒之助だが、おそらく斉藤源右衛門どの、俊次郎どのを殺害した下手人だ」

輔之進が目をみはった。

「どうしてそういいきれるのです」

それには答えず、息を一つ吐いた左馬助は厳《おごそ》かな口調で告げた。

「しかも遠藤恒之助は、おぬしの本当の仇かもしれぬぞ」

輔之進は驚愕した。

「いったいどういうことです」

「ちょっと待っててくれ」

左馬助は立ちあがり、横の襖をひらいた。奥に向かって叫ぶ。

「来てくれ」

一礼して重兵衛は座敷に入った。左馬助の隣に正座をする。

意外そうにしながらも、輔之進が頭を下げた。重兵衛の体に傷がいくつかあるのに気づいたような顔つきをする。

「どうしてこちらに」

左馬助は、重兵衛がここにやってきた経緯《いきさつ》を話した。

「では、その傷は」

「そう、忍びどもと遠藤恒之助とやり合ってできたものだ」

そういって左馬助は頬を緊張させた。

「重兵衛は大事なことを思いだした。重兵衛、さっそく話してやってくれ」

輔之進が突き刺すような眼差しを重兵衛に向けた。

重兵衛は、心を落ち着かせるように空咳《からぜき》をした。

「核心からいう。あの夜、市之進は遠藤恒之助に気絶させられた上、背中を押されたのではないか、と思う」

「それはつまり、重兵衛どのが構え直した刀の切っ先に向けて、ということですか」

その通りだ、と重兵衛はいった。

「これは、仇討から逃れようとするいいわけなどではないことをわかってもらいたい」

輔之進はうなずいた。

「俺は、昨日、遠藤恒之助に命を狙われた。かろうじて逃げだすことができたが、そのとき、遠藤と会うのがはじめてではないのがわかった。遠藤もそのことを肯定した」

重兵衛はどこで遠藤恒之助と会っているのか、昨夜、必死に考えたという。

「俺も一緒になって考えたんだが、四月九日の夜では、という結論に達したのだ」

左馬助がいうと、重兵衛が続けた。

「斉藤さまたちに囲まれたとき、人数は五人だった。それが昨日、上屋敷近くで同僚に会ってふと違和感を覚えたんだ。それがなにゆえかわからなかったんだが、あのとき、あの場には六人いたように思えてならなくなった。六人いたというより、六つ目の影がそこにあったというのが正しいのだが」

「その六人目が遠藤恒之助……」

「遠藤はすごい手練だ。市之進を気絶させ、間合を計って背を押すなど造作もなかっただろう」

「しかしどうして遠藤はそんなことをしたのです。兄にうらみでも」

いやちがう、と左馬助はいった。

「重兵衛に市之進どのを殺させたかったのさ。そうすればおぬしが重兵衛を殺してくれる」

重兵衛はあとを引き取った。

「おそらく斉藤さまもその後、六人目の影に気づき、どういうことかをさとって俺に教えようとしたのだろう。だが、内膳は、わざと俺を逃がした斉藤さまがからくりに気づくのでは、と身辺を遠藤に見張らせていた。そのために斉藤さまと弟は殺された。市之進の死の真相を知られては、輔之進どのが俺を殺してはくれぬからな」

「わざと逃がしたですって。しかし、あのとき斉藤さまは重兵衛どのを斬り殺そうとしていたはずですが」

「あれこそ、俺を逃がそうとするための方便だったのでは、と思える。最初に斬りかかってきた男は北見五郎太というが、そうするよう斉藤さまはひそかに命じていたのではないか。北見どのに話をきけば、はっきりするのではないのかな」

「しかし、どうして斉藤さまは重兵衛どのを逃がそうとしたのでしょう」

「俺が百両などせしめる男でないのを知っていた斉藤さまは裏になにかあるとさとり、このままとらえたらきっと内膳が殺させてしまう、と考えたのではないだろうか」

輔之進はなにかいいかけたが、結局口はひらかず、話をきく姿勢を取った。

「備中さまのことを調べまわる俺をうるさく思った内膳は、百両を盗んだという罠にかけた。そして、その策がうまくゆくかどうか遠藤恒之助に見張らせていた。しかし、意に反して、あるいは予期した通りかもしれぬが、同僚に囲まれた俺は斬り合いをはじめた。俺の腕を熟知していた遠藤は、市之進を利用した。これもそのとき思いついたのか、内膳にそうするよう命じられていたのかはっきりせぬが、とにかくその目論見《もくろみ》は成功した。俺はその場を逃げだし、仇持ちになった」

「そのときの遠藤恒之助の存在を知らせるため、斉藤さまは俊次郎どのを送りこもうとした、といわれましたね。でも、なにゆえ斉藤さまは重兵衛どのの居どころを知っていらしたのです」

それか、と重兵衛がいった。

「斉藤さまはあの晩配下に命じ、逃げる俺をひそかにつけさせたのではないかと思う。もともと俺を逃がす気でいたお方だ。その後のことをなにも考えていなかったとは思えぬ。もし裏になにかがあるとして真実が知れたとき、そのことを教えようにも居場所がわからぬというような事態は避けたかったのではないだろうか」

「俺はほかにも理由があると思う」

横から左馬助はいった。

「おそらく斉藤どのは、重兵衛の腕が必要になったときのことを考えたのだと思う。国家老や興津重兵衛を罠にかけた者の正体が明らかになったとき、おぬしほどの腕を持つ者がいるのといないのとでは、大ちがいだ」

「その通りでしょうね」

「納得した顔だが、どうだ、もう仇討はやめる気になったか」

左馬助がきく。

「いえ、まだなんとも……」

「強情なやつだな」

左馬助が輔之進に顔を近づける。

「よいか、内膳がなぜおぬしに親切にしたか。父親と親しかったなんてことはまずないぞ。おぬしが重兵衛を討ち取るように仕向けるためだ。言葉巧みに輔之進を左馬助の道場へ誘導した。そして、内膳の目論見通り輔之進は重兵衛を見つけた。

「しかし、おぬしは仇討を延期した。このことは内膳も予期していなかったのだろう」

それで内膳は二の矢として、忍びの者たちに重兵衛の襲撃を命じた。

「命じたのではなく、あるいは依頼したのかもしれぬが」

「その忍びの者たちというのは、いったいなんなのですか」

　重兵衛が首を振る。

「内膳と深く結びついている者らしいのだが、詳しいことは……」

　そうですか、と輔之進がいった。

「しかしそこまで執拗に狙うなんて、重兵衛どのは石崎内膳のなにを握っているのです」

「おそらく内膳は備中さまを自害に見せかけて殺している。この事実に俺が気づく前に始末したかったのだと思う」

　重兵衛は、備中が殺されたと思われる直後、僧体の男と会っていることを話した。

「では、その僧体の男が備中さまを」

「その通りだ」

　もし国家老が殺されたことが殿の耳にでも届けば、大がかりな探索がはじまるのは紛れもない。岩元備中の息の根をとめた者はこのことを怖れたにちがいなかった。

　だから、重兵衛が岩元備中の死を知る前に、口をふさごうと画したのだ。

「でも、どうして内膳は備中さまを殺したのです」

「はっきりしたことはまだわからぬ。おそらく内膳の気に入らぬことをして、除かれたのではないか」

　では、と思える。輔之進どののほうこそ、心当たりはないか」

しばらく考えていたが、輔之進はわかりませぬ、といった。

「重兵衛どの、これからどうされるのです」

重兵衛が輔之進を見つめ返した。

「内膳からじかに話をきく」

左馬助は、それが最もよい手立てかもしれぬ、と思った。

四

また罠ではないか、との思いは重兵衛のなかで薄れてはいない。

編笠越しに風雪を経た山門が見え、その奥に巨大な傾斜を持つ瓦屋根の本堂が建っている。風に乗って、かすかに読経《どきょう》の声が耳に届く。

本堂では、法事が行われている。参列者はそれなりに多く、重兵衛が見知っている家中の者の顔も何人か見受けられた。

場所は、三田寺町《みたてらまち》にある福湖寺《ふっこじ》である。

恒之助に襲われてからまだ三日しかたっていないのに、石崎家の菩提寺で行われる法事のことを、輔之進が教えてくれたのだ。

「十一月の朔日《ついたち》に、ご家老の父方の祖父の法事があるようです」

重兵衛は、参道脇に立つ松の大木の陰に身をひそませている。

参道は福湖寺の山門に向かってまっすぐ延びているが、重兵衛の立つ斜向《はすむ》かいにも寺がある。そこの山門は、何人《なんぴと》をも拒否するかのようにかたく閉じられている。

この法事のことを知るまでは、上屋敷に乗りこむことを考えていた。

だが、どうしても屋敷に入りこむ手立てが見つからなかった。

まだお尋ね者の身なのだ。正面から堂々と訪問はできないし、忍びこむことも考えたが、仮に忍びこみに成功したとしても、どうすれば内膳に対面できるか。姿を捜し求めてさまよっているうち、屋敷の者に見とがめられる公算が強い。

内膳が他出するときを待つしかない。

重兵衛がそう判断しかけた矢先、法事のことを輔之進がききつけたのだ。そのあまりの間のよさに、重兵衛は逆に疑いを覚えているのだった。

都合がよすぎる……。

それでも、これだけの好機を逃す気にはならなかった。重兵衛は朝はやく堀井道場を出て、木挽町に向かったのだ。

四丁目に着き、上屋敷が見える三十間堀沿いの町屋の壁にまず背中を預けた。

人通りはそれなりにあり、編笠が興味を惹いたか前を行きすぎる町人たちの無遠慮な眼差しをかなり浴びたし、子供たちには好奇の瞳でじろじろ見られた。

まだ四つくらいの男の子には、なにをしているのか、きかれた。重兵衛は、人を待っているのだと答えた。

じりじりするようなときがすぎ、やがて四つを告げる鐘の音がきこえてきた直後、上屋敷の門がひらくのが見え、そこから駕籠《かご》が出てきた。輔之進が連絡してきた通りの刻限だった。

編笠をかぶり直した重兵衛は壁から背中をはがし、十間ほど上屋敷に近寄った。

駕籠のなかにいるのは、まちがいなく内膳だった。門を出てすぐに駕籠の引き戸が小さくあき、そこから顔をのぞかせて家臣に指示をした男は江戸家老だったのだ。

上屋敷を出た駕籠は、重兵衛のいるほうとは逆に道を取った。

重兵衛が数えてみたところでは、供侍はちょうど十名。あとは四名の駕籠かきと六名の中間、小者。

重兵衛は一町以上の距離を置いて、行列のあとをついていった。

往きは行列の様子を探ることに集中したが、内膳の駕籠のそばに遠藤恒之助の姿はなぜか見えなかった。

このことも、重兵衛の警戒心をさらに強めさせている。内膳を餌に、どこからかこちらを見つめているのではないか。

だが、そんな目や気配はどこからも感じ取れない。

重兵衛は首をひねりつつ、木の陰に身をひそませた。

あの男が内膳のそばを離れるとは思えぬのだが……。

あの猛烈に伸びてくる剣を思いだす。それだけで心に冷えを感じた。なめくじが這うように冷たいものがゆっくりと背筋を伝い落ちてゆく。

重兵衛は腰に手を置いた。そこには、左馬助が貸してくれた刀がある。その感触に、気持ちの波が穏やかになる感覚を覚えた。

やがて戦意が静かに高まっていった。刀には、侍の本能を呼び覚ます力がまちがいなく備わっている。

道場を出てくるときの左馬助とのやりとりが思いだされた。

「重兵衛、まさか丸腰で行こうというのではないだろうな」

そういって左馬助は、腰から抜いた刀を渡してきたのだ。

目をみはりつつ受け取った重兵衛は左馬助を見つめた。

「俺も行きたいが、足手まといになるかもしれぬ」

情けなさそうに首を振る。

「これでもこの道場の師範代だぜ。それが足手まといなど……強すぎる友を持つのも考えものだな」

松の木の陰にたたずんでいるうち、重兵衛は読経の声がしなくなったのに気づいた。本堂で宴席でも持たれるのかと思ったが、そうではないらしく、参列者たちがぞろぞろと山門を出てくる。

重兵衛は身をかがめて参列者たちの目を避け、内膳の駕籠を待った。

参列者たちが参道から消えるのをはかっていたように、駕籠が山門前にあらわれた。

重兵衛は刀の鯉口を切った。

駕籠が階段をおり、参道を進みはじめた。

行列が目の前を行く。重兵衛はじっと目をこらした。顔ぶれは往きと同じだ。やはり遠藤の姿はない。

重兵衛は大きく息を吸い、吐いた。地を蹴って走りだし、行列の前途をさえぎるようにした。

「なんだ、きさまは」

供侍たちが血相を変え、重兵衛の前に立ちはだかった。

「駕籠の主に用がある」

重兵衛は駕籠に鋭い一瞥をぶつけた。

「出てこい、石崎内膳」

呼びかけた瞬間、駕籠に乗っているのは遠藤なのでは、という気がわいた。寺のなかで入れちがったのでは、との思いが心を占める。

引き戸があく。

重兵衛はごくりと息をのんだ。顔を突きだしたのは、石崎内膳だった。

重兵衛は、安堵の汗が首筋を流れてゆくのを感じた。

内膳があざけりの笑みを浮かべる。

「なにをほっとしておる、興津重兵衛」

重兵衛は、むっと内膳を見直した。

この余裕はなんなのか。やはり誘われたのではないか。こうして駕籠の前に姿を見せることを、内膳は予期していたのではないのか。

だが、はなから遠藤とやり合うのを覚悟の上で、内膳とじかに話をすることを望んだのだ。

重兵衛は気持ちを落ち着けた。腰を落とし、駕籠ごといつでも一刀両断にできる気構えでいることを示した。

「ききたいことがある。正直に答えてもらおう」

「なにかな」

駕籠のなかで内膳は平然としている。

「備中さまをどうして殺した」

「殺してなどおらぬ。あの男は自害だ」

「とぼけぬでもよい」

重兵衛は、どうして自分が罠におとしいれられ、そして執拗に狙われたと思うのか、その理由を淡々と告げた。

内膳は、大袈裟に感嘆の表情をあらわしてみせた。

「ほう、つくり話としてはなかなかおもしろいな」

首を小さく振った。

「よかろう、話し相手になってやろう」

のそりと駕籠を出てきた。

「だが、ここではちょっと話がしづらいな」

まわりを見渡す。

「そこがよかろう」

つぶやくようにいって、右手に見えている寺の山門に向けて顎をしゃくった。

「そなたらはここで待っておれ」

家臣に命じ、内膳が歩きだした。そこも自家の菩提寺であるかのような顔でくぐり戸をあけ、なかに身を入りこませる。

重兵衛はついてゆき、境内に足を踏み入れた。ここにこそ遠藤がいるのでは、という気が強くしている。

澄んだ陽射しが、背の低い塀にまわりを囲まれている境内を明るく照らしだしている。こぢんまりとした寺だが、最近改築されたらしい本殿の柱や板戸などは木の香りが漂ってきそうなほど輝いて見える。

内膳は鯉が泳ぐ池沿いの道を進んで、くるりと振り向いた。

「家臣どもには、あまりきかせたくない話でな」

鯉が人影に驚いたか、跳ねた。池は細長い形をしており、最も広いところでも一間半ほどの幅しかない。

「ようやく本音をいったか」

「はなからごまかす気などないのだ」

内膳はそれまでと打って変わって寂しげな笑みを見せた。いかにも気弱げだ。

「遠藤はな、強く叱りすぎたせいか、ここしばらく姿を見せぬ。屋敷にもおらぬのだ」

いかにも悄然とした様子で、大柄な体が小さく感じられる。

「叱ったのは、俺を殺し損ねたからだな」

「察しがいいな」

内膳は空をちらりと見あげ、かすかに首を動かして南のほうに遠く見える雲のかたまりに目をとめた。

「どうして備中さまを殺した」

重兵衛はあらためて問いをぶつけた。

内膳は瞳を重兵衛に戻した。

「岩元備中という男が半年前、いったいなにをしようとしていたか」

重兵衛は黙って続きを待った。

「お家の大規模な改革を行おうとしていた。殿のご指示もむろんあったが、ほとんどやつの独断だった。やつは財政難にあえぐお家を救ったという名声ほしさに改革をはじめたのだ」

重兵衛も思いをめぐらせた。確かにその通りで、重兵衛が国許にいた頃、備中はすでに着手していた。

「備中が行おうとしたのは、無駄な出費の抑制、俸禄の借りあげ、新税の設置、富裕な商家への御用金附加、新田の開発、特産品の生産奨励などだ」

重兵衛もそれらはむろん耳にしている。だが、その改革が内膳とどういうつながりがあるのか。

むろん、前に左馬助がいっていたように出費が多いとされる江戸屋敷も改革の波をかぶらないわけにはいかないだろうが。

「俸禄の借りあげは特に家中の反対が多かったが、備中は殿の後援を盾に押しきろうとしていた。それはまあ、よい。おぬし、江戸屋敷が年にどれだけのかかりがあるか存じておるか」

知っているが、重兵衛はあえて首を振った。

「目付が知らぬはずはなかろうが」

内膳は口元をゆがめた。

「七千両よ」

まさかその抑制を告げられたから、と口にしかけたが、だがそれだけでは理由としてはあまりに薄い。

内膳は、唇を引き結んだ重兵衛を見て、軽くうなずいた。

「確かに、頭ごなしにいきなり抑制するといわれても、こちらだって素直にうんといえるはずもないが、おぬしが考えたようにそれだけで殺すわけはない」

「ではなぜ」

「やつは帳簿を要求してきたのよ」

帳簿を見ることで備中はなにをしようとしたのか。

江戸屋敷でどんな無駄が行われているか、調べようとしたにちがいない。

ああ、そういうことか――。

確信した重兵衛は内膳を見据えた。

「帳簿をごまかし、七千両のうちいくばくかを私《わたくし》していたのだな」

「そういうことだ」

内膳はあっさりと肯定した。

「毎年のことだから、ずいぶんと貯めさせてもらった」

これまで、いったいどれだけの金を懐におさめたのか。

それが帳簿の提出とともに公になり、もし殿の耳に届くようなことになれば、まちがいなく身の破滅だろう。

五

「たったそれだけのことで備中さまを殺したのか」

「備中だけではないぞ」

意外そうに内膳がいう。

「松山市之進も死んだ。そして、おまえもここで死ぬのだ」

内膳の瞳がちらりと動いた。

重兵衛は刀を引き抜くや、振り向いた。

いつからそこにいたのか、池の向こう岸に遠藤恒之助が立っていた。

それと同時に山門があき、内膳の家臣たちがばらばらと入ってきた。すぐに門が閉じられる。

「恒之助、殺せ。ここなら邪魔は入らぬ」

内膳が叫ぶ。

「どうかな」

その声に、内膳がまさかという顔をする。

池越しにあの剣を繰りだそうとしていた遠藤の腕がとまった。

左手の塀を乗り越えてきた人影があった。

「あやつは」

内膳が声をほとばしらせる。

「俺が一人で来ると思ったのか」

重兵衛は叫ぶようにいった。

樅《もみ》の大木脇におり立った輔之進は内膳に目をくれることなく、まっすぐ遠藤に向かって駆けてゆく。

輔之進が遠藤と対峙する。距離は二間ほど。これは遠藤の間合だ。この距離でも遠藤の刀は十分に届く。

「遠藤恒之助、きさまが兄を殺したのか」

輔之進が鋭くただした。

「殺したのはあの男だろう」

遠藤は悠然と重兵衛を指さした。

「兄を気絶させ、背中を押したのはきさまだな」

「否定したところで、どうせ信ずる顔ではないな。そうさ、俺があのとろい男の気を失わせ、串刺しになるよう仕向けたのさ」

「兄の仇、覚悟」

輔之進がいい放って、間合をつめようとした。だが、遠藤の剣がいきなり輔之進の顔を襲った。

輔之進は背を縮めるようにして受けた。

重兵衛は助けに向かいたかったが、すでに抜刀した内膳の家臣たちが殺到してきていた。それに輔之進はいくら遠藤が相手でも簡単にやられる男ではない。

家臣たちに遣い手など一人もいない。ただ数をそろえてあるだけの話だ。刀の峰を返した重兵衛は落ち着いて応対した。

一太刀も空振りはなく、すべての斬撃が侍たちの胴をとらえた。

家臣たちは地面に這いつくばり、あるいは植木に背を預けて座りこんでいた。誰もが苦悶の表情を浮かべている。

重兵衛は内膳の姿を捜した。いた。三名の家臣に守られて山門に向かって走っている。

重兵衛は追った。池をひとっ飛びで越え、追いすがった。

「あやつを斬り捨てい」

内膳が家臣に命ずる。

向かってきた二人を重兵衛は二振りで倒した。

重兵衛はさらに一人を地面に崩れ落ちさせ、くぐり戸を抜けようとしている内膳に向かって、峰を返すことなく刀を振りおろした。

内膳はかろうじてかわした。ぴっと音がして、髻《もとどり》が飛んだ。ばさっと髪が垂れてきたが、内膳はかまわず戸を閉めた。

右手から剣戟《けんげき》の音がする。

輔之進が遠藤と激しくやり合っている。

いや、そうではなかった。重兵衛と同じで、遠い間合から打ちこんでくる遠藤の攻勢の前に輔之進は受けるだけになっていた。

腕のちがいではなく、明らかに修羅場をくぐり抜けたことがあるかないかの差だ。輔之進はこれまで真剣を振るっての命のやりとりなど、経験したことはないのだ。

内膳は気になったが、ここで輔之進を見捨てるわけにはいかない。重兵衛は、遠藤の斜めうしろから近づこうとした。

それに気づいた遠藤は刀をさっと引いた。遣い手二人を相手にする不利をさとったのだ。

だっと門に向かって走りだそうとしたところを、すばやく足を進ませた輔之進がさえぎった。

重兵衛がさらに近づくと、遠藤はかすかに顔をゆがめた。しくじったな、といいたげな自らをあざけるような笑いだ。

それを隙と見た輔之進が見逃さずに一気に突っこむ。遠藤を間合に入れるや、刀を横に振った。右手一本での振りだったが、胴ではなく、顔を狙っていた。

虚を突かれた遠藤だったが、顔をそむけるようにして避けた。

だが、色つきの砂のようなものがぱっと宙に散った。

驚いたように遠藤が左手で顔を押さえた。指のあいだから見る見るうちに血があふれだす。

さらに距離をつめた輔之進が、上段にあげた刀を一気に振りおろした。

見事袈裟に決まったように見えたが、遠藤はぎりぎりで撥ねあげた。

「やりやがったな」

血だらけの顔で輔之進をにらみつける。

どうやら頬を斬り割られたようで、真っ赤に染まった顔面のなか、両目がそこだけ光を持っているかのようにらんらんと輝いている。

遠藤は持ちあげた刀を振るうと見せかけて、一気に体をひるがえした。

待てっ。輔之進が追う。

重兵衛もあとに続いた。

くぐり戸をあけ、遠藤が道に転がり出た。腕で体を跳ねあげるようにして立ちあがり、駆けだす。

輔之進が道に出た。そのとき重兵衛の耳に、つんざくような女の悲鳴が届いた。

重兵衛もくぐり戸を抜けた。

道に喪服を着た十数名ばかりの男女がいる。いずれも町人で、どうやらこれから法事らしく、福湖寺に行こうとしている。

輔之進が町人たちをかきわけるようにして走っている。重兵衛も人のあいだを縫うように足を動かした。

道の突き当たりまで来て、輔之進が立ちどまった。左右にわかれた道は両方とも寺の塀にはさみこまれているが、遠藤恒之助の姿はどこにも見えなかった。

くそっ。輔之進が苛立つ馬のように地面を足でかいた。息を大きく吐き、刀をおさめた。

重兵衛に近づいてくる。

重兵衛を見あげる顔には汗が一杯だ。

情けなさそうに首を振った。

「どうも踏みこみが浅かったみたいです。あと半歩踏みこめていれば、あの男の両眼《りょうがん》は今頃……やはり経験がないというのは駄目ですね」

「あれが秘剣か」

「ええ、相手の目を狙う剣です。一生つかうことはないだろうと思っていましたが、でもあの男にだけはつかってみたい気にさせられました」

ほっと息をついて重兵衛は笑顔を見せた。輔之進の肩を叩く。

「しかしびっくりしただろ」

「ええ、正直、面食らいました。あんな剣がこの世にあるなんて……」

心底驚いたという顔で首を振る。

「重兵衛どのにきかされていなかったら、一撃で殺られていたのではないでしょうか」

気づいたように重兵衛を見つめる。

「内膳はどうなりました」

「逃げた」

「上屋敷に戻ったのでしょうか」

「わからぬが、どのみちあの男の運命は定まった」

深いうなずきとともに重兵衛はいった。

六

その後、江戸留守居役の塚本三右衛門を通じての輔之進の訴えにより、目付衆が動いた。その働きにより、石崎内膳の不正が明らかになった。

国許から送られる七千両のうちおよそ二百五十両から三百両を毎年自らの懐にしまい入れていたのだ。不正をはじめてから、もう二十四年が経過していた。

不正のきっかけは、生活の困窮から。

江戸家老といっても三万石の大名の家臣でしかない。禄高は知れており、しかも他の大名家や出入りの旗本衆とのつき合いがあって、それなりに見栄も張らなければならない。

最初は借りているという意識だった。だが、暮らし向きは一向に楽にならず、返済など夢物語になった。

だが何年たっても誰一人気がつかないことがわかると、内膳のやり口はだんだんと大胆になっていった。額も増え、多い年は三百両をはるかに超えた。

やがて、つかうよりたまる額のほうが多くなった。

その余った金を内膳は懇意の札差《ふださし》に融通した。以前は内膳もほかの侍と同じように米を担保に札差から高利で借りていたが、しぼり取る側にまわったのだ。

上屋敷に落武者のような格好で戻っていた内膳だったが、上意により切腹、石崎家は取り潰しになった。内膳がためていた金は四千両にものぼり、すべて押収された。

内膳の嫡男である幸寿丸は、一命は助けられた。ただし国許に送られ、僧侶として一生をすごすことになった。

内膳は、この五歳の跡取りにすべてを譲ることを目指していた。もしつかいこみがばれて罪を得たら、幸寿丸の晴れ姿を見ることなど望むべくもない。

ならば、国家老岩元備中を除くしか手立てはなかった。

「こういうことだったようです」

背筋をぴんと伸ばして輔之進がいった。

「内膳が重兵衛どのを引きこんだあの寺は福湖寺の別院で、本堂の改築費は内膳がだしたらしいですね。それと、内膳の陰謀の片棒を担いだ国許の新前屋も潰され、あるじは獄門になったそうです」

「顚末《てんまつ》はわかった。だが、輔之進」

左馬助がいう。

「重兵衛を狙った忍びの集団について、内膳は一言もしゃべらなかったみたいだな」

「目付衆も厳しく責めたようですが、一切口をひらくことはなかったらしいです」

左馬助が目を転じた。

「重兵衛、おぬしは思いだしたことはないのか。前に、一度会っているようなことを申していたが」

「いや、それがなにも思いだせぬのだ」

「重兵衛、おまえ」

河上惣三郎がまじまじと見る。

「とぼけているんじゃねえのか」

「いえ、そんなことはありません」

「ふーん、けっこう切れる男と思っていたが、買いかぶりだったかな。そんなことも思いだせんとは、まったく情けねえな」

善吉を加えた五人は、堀井道場の奥の座敷に輪をつくっている。

「その通りですよ、河上さん」

重兵衛は口をとがらせた。

「もともとおつむのできは、子供の頃からよくなかったものですから」

「なんだ、ずいぶん投げやりないい方だな。重兵衛らしくもない」

「いや、きっとこんなものいいが重兵衛の本性なんだよ、おっさん」

「誰がおっさんだ」

それには取り合わず、左馬助が顎をなでた。

「しかし、重兵衛。そうなると、内膳が死んだからといって安心はできぬな。またいつ狙われるか知れたものではないぞ。おぬし、五人、斬ったのだろう」

腕にあのときの感触がよみがえってきた。いくら命を狙われたとはいえ、やはり人を殺すというのは気持ちのよいものではない。

「では、復讐があると」

輔之進がきく。

「そりゃあるだろうな」

横から河上が口をだした。

「忍びの連中というのは、仲間を殺した者をそりゃ執念深くつけ狙うそうだから」

「おっさん、それを誰からきいたんだ」

また呼びやがったなという顔で、河上は背後を指さした。

「善吉、軍記物か」

「その通りです」

とにかく、と左馬助がいった。

「重兵衛、用心することだ」

「ああ、そうしよう」

「ああ、そうだ。輔之進、遠藤恒之助の消息は知れたのか」

「いえ、それも」

左馬助はため息をつきたげな顔だ。

「そいつもまた気がかりなことだな」

確かにその通りだ、と重兵衛は思った。


重兵衛は白金堂の真ん前に立った。

ほんの数日留守にしていただけなのに、ずいぶんと懐かしく感じられる。

教場のほうから、人のざわめく気配が伝わってきた。

重兵衛は、おそるおそる入口に近づいた。腰には左馬助がくれた脇差を帯びている。安物だと左馬助はいっていた。だから折ってもかまわぬぞ。

きこえてくる声は明るく、そして甲高い。

重兵衛は教場に入った。

子供たちが大勢いた。おそらく全員だ。みんなで大騒ぎしつつ掃除をしている。

「どうして……」

思わずつぶやきが漏れる。

「お師匠さん」

はっと振り返ったのはお美代だ。

「お師匠さん」

吉五郎が叫ぶ。

松之介やほかの手習子も口々に重兵衛を呼んだ。

「帰ってきたの」

お美代が飛びついてきた。お律もそのあとに続く。とても元気そうな顔だ。

ほかの子たちもいっせいに駆け寄ってきて、重兵衛を包む大きな輪ができた。

「もう帰ってこないのかと思ったけど」

「いつお師匠さんが帰ってきてもいいように、きれいにしとこうってみんなで話し合ったんだ」

「毎日続けてたんだよ」

吉五郎と松之介が交互にいう。

「でも本当にお美代のいった通りだったな」

吉五郎がお美代に笑いかける。

「そうでしょ。だからいったでしょ」

涙を目に一杯ためてお美代が重兵衛を見あげる。

「あたしね、お師匠さんは必ず帰ってくる、って、ずっといい続けてたのよ。どこにも行くはずないって」

「そうか、すまなかったな。みんなに心配かけて」

「ねえ、もうどこにも行かないよね」

吉五郎が必死な瞳できく。

「ああ、行かない。ずっとここにいるよ」

「ほんとだよね」

「ああ、嘘はいわない」

重兵衛は皆を見渡した。

「どれ、俺も手伝うかな」

重兵衛は腕まくりをした。

あくる日、久しぶりの手習を終えた重兵衛は、村の散策をはじめた。

「おう、重兵衛さん、よく戻ってきてくれたね」

「また顔を見られてうれしいよ」

「心配したよ。もうどこにも行かないでよ」

村人から次々に声をかけられる。

村人たちの明るい笑顔を見て、重兵衛は幸せな気分で一杯になった。

それに、この村は景色がやはり抜群にいい。なだらかな丘が続く、緑の濃い風景は気持ちを穏やかにしてくれる。

相変わらず遊山の人は多く、どの顔にも景色の美しさに対する感嘆の色が濃く刻まれている。

半刻ほど歩いて、そろそろ帰ろうかと新堀川沿いの道に戻ったとき、背後から犬の鳴き声がきこえた。

振り返ると、案の定、うさ吉だった。

はっはっはっと息づかいも荒く走り寄ってきて、いつもするように重兵衛の足に前足をからみつけてきた。

「久しぶりだな、うさ吉」

赤子をあやすように抱きあげつつ、飼い主の姿を捜している自分に重兵衛は気づいた。

「お帰りなさい、重兵衛さん」

小走りに駆けてきて、おそのがいった。

「ああ、なんとか帰ってこられた」

重兵衛はおそのをじっと見た。

「話はもう」

「ええ、昨日、父からききました」

重兵衛は白金堂に戻ってきたその足で、名主の勝蔵の屋敷を訪ね、田左衛門を含めた村役人たちに事情をあますところなく語ったのだ。

「もう仇討はないんですよね」

知ってはいるのだろうが、おそのは重兵衛の口からじかにききたいようだ。

「その通りだ。心配をかけた」

おそのは涙をあふれさせた。

重兵衛はいとおしさが心に満ち、抱き締めたくなった。一歩、二歩と踏みだしかけたが、息を入れてかろうじて自制した。

七

竹刀を構える姿勢には無駄がなく、隙がない。腰がどっしりと落ち、足さばきはまるで水面を行くあめんぼのようななめらかさだ。

すごいな、と重兵衛は真剣での立ち合いを目の当たりにしているにもかかわらず舌を巻いた。これで十七とは。末恐ろしい男がいたものだ。左馬助が相手にならぬというのも無理はない。

重兵衛は輔之進をあらためて見つめた。

面のなかの二つの瞳がつややかな輝きを帯びている。重兵衛と竹刀をまじえられるうれしさのあらわれのようで、つまり気持ちに余裕があるのは輔之進のほうだった。

どう仕掛ければよいか、重兵衛には手立てが見いだせない。

輔之進が竹刀の先をほんのわずか落とした。重兵衛は、来る、と直感した。

輔之進が胴を狙ってきた。

重兵衛は竹刀で受け、面を打ち抜こうとした。輔之進はよけ、逆胴に竹刀を振ってきた。

重兵衛は打ち返し、面を狙った。それは弾き返され、小手を狙ってきた輔之進の竹刀を重兵衛は打ち落とした。

腕は互角で、そんな打ち合いが延々と続いた。

結局、堀井新蔵があいだに入った。

「つまるところ、真剣での立ち合いなど、やらずに正解だったということだな」

新蔵が輔之進に笑いかける。一時期、体の具合が悪いときいていたが、今は顔色もよくなっている。

「さっぱりしたか」

面を取った輔之進は汗を噴きださせている。その汗はきらきらと光っていた。

「はい、とても楽しかったです。これで思い残すことなく国に帰れます」

「そうか、帰るか」

横に出てきた左馬助が、寂しくなるな、といった。

「輔之進、いつかは江戸に出てくるのだろう。そのときはまた来てくれ」

「ありがとうございます」

「しかし遣い手同士というのはすごいものだな」

善吉と並んで稽古を見つめていた惣三郎がため息を漏らす。

「息をするのを忘れてたよ。いや、できなかったな」

「そのままとまってしまえばよかったのに」

　左馬助が笑っていう。

「そんなことになったら、江戸の平和を誰が守るんだ。なあ、善吉」

「松山さん、できれば信州へ連れていってもらえませんか。そうすれば江戸も少しは静かになると思えるのですが」

「てめえ、裏切りやがったな」

　輔之進が笑って手を振る。

「いや、でも今度は高島がうるさくなりますから」

「おめえも俺のことなんかろくに知らねえのに、よくそんな口、ききやがんな」

「いえ、だいたいわかりましたよ」

　輔之進はにっこりと笑った。

「腹を空かした犬みたいな性格ですよね」

「おい、輔之進」

　左馬助がたしなめる。

「そんなことをいうと犬が怒るぞ。俺たちはこんな単純じゃない、ってな」

「おめえら、いいたい放題だな。重兵衛、おめえだけだよ、俺の味方は」

「その通りです。手前も河上さんのことはうさ吉と同じくらい好きですよ」

「うさ吉だと。あの馬鹿犬なんかと一緒にするな」

「でも河上さん」

輔之進がにこやかにいう。

「あの犬はきっと誰かさんより賢いですよ」

にぎやかな笑い声を背に重兵衛は一人、外に出た。

一陣の風が吹き抜けてゆく。その風にはすでに冬の厳しさがまじっている。空には厚い雲が一杯で、その雲は故郷につながっているように感じられた。

これから高島は雪だな。

一度帰って……。

母上に顔を見せなければ、と重兵衛は思った。母はきっと泣くだろう。

いや、泣いてしまうのは自分かもしれない。

とにかく、逃げ隠れすることなく国に戻れる自分がいることに、重兵衛は無上の喜びを覚えている。

参考文献

『江戸庶民の衣食住』竹内誠監修（学習研究社）
『江戸東京歴史探検三　江戸で暮らしてみる』近松鴻二編（中央公論新社）
『江戸の算術指南』西田知己（研成社）
『江戸の寺子屋と子供たち』渡邉信一郎（三樹書房）
『江戸の寺子屋入門』佐藤健一編（研成社）
『大江戸ものしり図鑑』花咲一男監修（主婦と生活社）
『時代考証事典』稲垣史生（新人物往来社）
『日本人をつくった教育』沖田行司（大巧社）
『間違いだらけの時代劇』名和弓雄（河出書房新社）
『CD‐ROM版江戸東京重ね地図』吉原健一郎・俵元昭監修（エーピーピーカンパニー）

※本書は、中央公論新社より二〇〇四年三月に刊行された作品を改版したものです。

中公文庫

手《て》習《ならい》重《じゅう》兵《べ》衛《え》
暁《ぎょう》闇《あん》
——新装版《しんそうばん》

2004年3月25日　初版発行
2017年2月25日　改版発行

著　者　鈴《すず》木《き》英《えい》治《じ》

発行者　大橋善光

発行所　中央公論新社
〒100-8152　東京都千代田区大手町1-7-1
電話　販売 03-5299-1730　編集 03-5299-1890
URL http://www.chuko.co.jp/

DTP　平面惑星
印　刷　三晃印刷
製　本　小泉製本

Published by CHUOKORON-SHINSHA, INC.
Printed in Japan　ISBN978-4-12-206359-4 C1193

中公文庫既刊より

各書目の下段の数字はISBNコードです。978－4－12が省略してあります。

す-25-24
大脱走 裏切りの姫
鈴木英治
長篠の合戦から七年、滅亡の淵に立つ武田家。信玄の娘・千鶴は、勝頼監視下の甲府から、徳川に寝返った夫の待つ駿河へ、脱出を決行する。〈解説〉細谷正充
205649-7

す-25-25
陽炎時雨 幻の剣 歯のない男
鈴木英治
剣術道場の一人娘・七緒は、嫁入り前のお年頃。ときには町のやくざ者を懲らしめる彼女の前に、怪しげな人形師が現れて……。書き下ろしシリーズ第一弾。
205790-6

す-25-26
陽炎時雨 幻の剣 死神の影
鈴木英治
団子屋の看板娘・おひのがかどわかされた。夫である桶職人とともに姿を消してから十日。七緒は二人を取り戻そうと、単身やくざ一家に乗り込む。文庫書き下ろし。
205853-8

す-25-27
手習重兵衛 闇討ち斬 新装版
鈴木英治
江戸白金で行き倒れとなった重兵衛は、手習師匠・宗太夫に助けられ居候となったが……。凄腕で男前の快男児が謎を斬る時代小説シリーズ第一弾。
206312-9

す-25-28
手習重兵衛 梵鐘 新装版
鈴木英治
手習子のお美代が消えた⁉ 行方を捜す重兵衛だったが……（「梵鐘」より）。趣向を凝らした四篇の連作が織りなす、人気シリーズ第二弾。
206331-0

あ-59-2
お腹召しませ
浅田次郎
武士の本義が薄れた幕末維新期、変革の波に翻弄される侍たちの悲哀を描いた時代短篇の傑作六篇。中央公論文芸賞・司馬遼太郎賞受賞。〈解説〉竹中平蔵
205045-7

あ-59-3
五郎治《ごろうじ》殿《どの》御《お》始末《しまつ》
浅田次郎
武士という職業が消えた明治維新期、最後の御役目を終えた老武士が下した、己の身の始末とは。時代の境目を懸命に生きた人々を描く六篇。〈解説〉磯田道史
205958-0

各書目の下段の数字はＩＳＢＮコードです。978－4－12が省略してあります。

う-28-6
奉行始末 闕所物奉行 裏帳合（六）
上田 秀人
岡場所から一斉に火の手があがる！ 政権復帰を図る大御所派と江戸の闇の支配を企む一太郎が最後の賭けに出た。遂に扇太郎と炎の最終決戦を迎える。
205598-8

う-28-7
孤 闘 立花宗茂
上田 秀人
武勇に誉れ高く乱世に義を貫いた最後の戦国武将の風雲録。島津を撃退、秀吉下での朝鮮従軍、さらに家康との対決！ 中山義秀文学賞受賞作。〈解説〉縄田一男
205718-0

き-17-6
楠木正成（上）
北方 謙三
乱世到来の兆しの中、大志を胸に雌伏を続けた悪党・楠木正成は、倒幕の機熟するに及び寡兵を率いて強大な六波羅軍に戦いを挑む。北方「南北朝」の集大成。
204217-9

き-17-7
楠木正成（下）
北方 謙三
正成は巧みな用兵により幕府の大軍を翻弄。ついに京を奪還し倒幕は成る。しかし……。悪党・楠木正成の峻烈な生き様を迫力の筆致で描く、渾身の歴史巨篇。
204218-6

き-17-8
絶海にあらず（上）
北方 謙三
京都・勧学院別曹の主、純友。赴任した伊予の地で、「藤原一族のはぐれ者」は己の生きる場所を海と定め、律令の世に牙を剝いた！ 渾身の歴史長篇。
205034-1

き-17-9
絶海にあらず（下）
北方 謙三
海の上では、俺は負けん――承平・天慶の乱で将門とともにその名を知られる瀬戸内の「海賊」純友。夢を追い、心のままに生きた男の生涯を、大海原を舞台に描く！
205035-8

と-26-20
箱館売ります（上） 土方歳三 蝦夷血風録
富樫倫太郎
箱館を占領した旧幕府軍から、土地を手に入れようとするプロシア人兄弟。だが、背後には領土拡大を企むロシアの策謀が――。土方歳三、知られざる箱館の戦い！
205779-1

と-26-21
箱館売ります（下） 土方歳三 蝦夷血風録
富樫倫太郎
ロシアの謀略に気づいた者たちが土方歳三を指揮官に、旧幕府軍、新政府軍の垣根を越えて契約締結妨害のために戦うのだが――。思いはひとつ、日本を守るため。
205780-7